穿越銀夜的灵魂

目錄

卷一　光音之塵

卷二

召夢者

卷三

漆黑的夢中樹

代序

世界是鳥籠，但靈魂可以穿越

楊佳嫻

羅任玲的詩，安靜綿密深美，她以詩心經營散文，知道何處該繡出細節，使血肉豐勻，亦深諳空白的力量。讀她早歲散文集《光之留顏》（一九九四），許多短製篇章從雲端來，沿風而去，憑一個印象、一樁散事爲起點，勾勒出生命悲愴與疑問，舉重若輕，而不傷內裡嚴肅的筋脈。莊裕安說她的散文音色絕佳，音色勝過結構，不規整，可是具有散脫的魅力；這樣的特質，也還持續保留在之後的書寫裡，具體呈現爲第二部散文集，《穿越銀夜的靈魂》。

當然，二十幾年來，寫作者會滄桑，時代會變化，羅任玲的散文仍維持著清妙音色，以及不羈的形式，以之作爲其散文的基礎風格。同時，那些必須積累時間才可能大量且深入體會者，也以顯著篇幅形塑出這部散文集的骨軸——無所不在的異鄉感，人間的游與思，以及死亡。

全書開篇，與書名同名的長散文，回憶與母親少有的共同旅行。以「她」來代替「我」，或許是想拉開抒情的距離，畢竟所寫是極端近身、或許難以逼視的經驗。「她」只經歷兩次日本行旅，一次是二十歲時，當年通訊不便，出國麻煩，一個月日本時光就像完全浸入陌生世界蟬鳴花水，渾然不覺家鄉；多年後才帶著七十多歲母親跟著旅遊團前往，因為老人行動較緩慢，跟不上全團步伐，而往往落得母女相依為命，迷路於異地大雨之中。自由而孤獨，彼此陪伴著迷路，都是生命中必然會有的情境。少年與中年，記得母親的方式也變得不同。追憶恍惚過渡，「母親已經死了」——死亡是跨越嗎？給予我們一個憑依，召喚遂散於銀河裡繞著這個那個結而長出來的影片，電轉拼接為迷津與長河，懷念與證悟。

與〈穿越銀夜的靈魂〉一文同樣抒寫親緣牽絆的，還有〈鱉的黃昏〉。緣於兩岸局勢，分隔了四十餘年，終於在稍微開放之後，父親與阿婆回復了聯繫。這是不是一九八〇年代末兩岸開放探親以來，許多人說過寫過的故事？即使那麼多人說過寫過，即使不外乎大時代變動底下的必然，一旦發生在自己家族，那悲喜之感仍然扎實。一開始寄來照片，老家的家族照吧，其他人都擠出笑容，只有阿婆板著臉——她的神情與視線投向鏡頭之外，這是她對迢遠另一岸的兒子的心情嗎？還是一時不知道該用什麼態度來面對？而對於總是聽父親回憶親人的女兒來說，勾勒出來都是分離前的青壯樣貌，可是歲月之河仍在沖刷，照片裡錯失了什麼、蛀空了什麼的一張臉，是否能彌補父親的思念？後來，阿婆來了台灣，八五高齡，面對不會說家鄉話的孫女，每天等兒子下班回家。阿婆歡喜看某家餐廳門口的水族箱，水裡游著一隻鱉，醜醜的，可是會勾起久遠的畫面，那是兒子童稚時期養過的愛物……。阿婆終究得離台，短暫相處與再一次的告別裡，恍然發現，父親其實也老了。

映射敏感之人無所不在的存在困境，也同樣動人。〈雪色〉寫對於時間的思索，談時間，難免觸及死亡，談死亡，又何嘗不想起靈魂有無、靈魂歸屬的問題？然而，生時的苦楚，眞能在跨越之後抛在身後？人不只可能漂泊異鄉，也可能在熟悉環境中仍舊存有異鄉之感。格格不入，有時候不是因爲具體地理的乖攣，而更可能是心境、思想上的背離。所以羅任玲在文中就問了：「哪裡才是永恆的家鄉？」然而，現實中我們不得不自保，冷漠可能逐漸取代一覽無遺的熱情，「卽使迷路也僞裝成無自若無懼」，掩藏靈魂，以冷淡武裝。文中提及一位女性友人，患了暴食症，與丈夫分居，居住在紐約，可是那裡只有下水道冒出的蒸氣是溫熱的。人是不是總難免要經歷下墜？或者更悲觀一些，人活著，整個就是一個下墜的過程？尋求一張溫暖的網子接住自己，是不是能得到，也許得靠一點運氣。而在〈誰也沒有眞正報復過死亡〉裡，羅任玲提出，異鄉人處境活著難免，死了也未必能迴避；君不見喪禮中，反覆不見情的誦唱環繞，「長長的一生被簡化。天之涯，地之角，知交半零落。成爲一張扁平的照片」。〈永遠的異鄉人〉更進一步揭示「世界像鳥籠」，彷彿呼應白居易〈與元微之書〉「籠鳥檻猿俱未死」一語，生命有其邊界，人間又處處設限，是誰提著我們居住的籠子？

書中另收了幾篇微型變奏，類似寓言故事，借他物映照出人類何等自擾。〈穿紫色衣服的鬥魚〉寫花瓶裡養著鬥魚，沒有同伴或敵手，鬥魚無鬥還算鬥魚嗎；文中同時寫到鬥魚主人L，卻並非尋常以鬥魚比擬人類社會鬥爭，L不知道自己何去何從，鬥魚呢，只要還在人類爲牠圈出的容器裡，時不時成爲被觀看之物，牠恐怕不會出現和人類同樣的煩惱。〈尊者〉寫飼養烏龜，龜背上長出青苔，吃，睡，曬太陽，揹著一叢潮濕綠意，人類談論生老病死的口角，與時不時要確認牠是否仍活著的騷擾行爲，甚至是那隻鬥魚的升沉，都彷彿某種紅塵漣漪，青苔尊者見而不見。鬥魚與烏龜，一勞一逸，自有其境。

最後，這部散文集也回應了作者的詩人身分。除了若干文章中談及自己某些詩作的背景，另有〈蝶影〉敍及與周夢蝶的因緣，〈詩爲何物〉回憶中學國文老師、也是詩人小說家沙究，〈深秋〉則悼念楊牧。與前輩作家交遊，總涉及閱讀，從中一次次確認理解文字與文學的重量，亦可曲折看出羅任玲的創作思索之路。

羅任玲關注生活裡蘊育的精神面，加上文字的冷麗，難免給人「空靈」之感。不過，散文寫法本就不拘一線，能低低黏緊土腳，也能高高翻進月光。端視如何放置心靈與世界。怕什麼？不是距離地表遠或近，怕的是濫情，庸俗，逐流說話。讀《穿越銀夜的靈魂》，一是「靈魂」，彰顯其形上的取向，二是「穿越」，讀取這世界但不拘限於這世界，穿梭於虛與實、高與低，身體鑲嵌於現實，容或有不自由的時候，但思維可以是自由的，想像可以是自由的。

楊佳嫻，詩人，現任國立清華大學中國文學系副教授。

自序

向死而生，凝視自由

0.

五歲以前，幾次夜裡睜開雙眼，明明記得漆黑一片的房間，卻有三、四個燈球在屋子上方懸著，它們緩慢飄浮，光絢但不懾人。家人都熟睡了，我獨自在黑暗裡，默默凝望那神祕的光球。我不知道那是什麼，但也不害怕，因爲它們如此寧靜清亮而美麗。

光球在我進小學之後就不再出現了。

我卻從未忘記那些奇異的夜晚，也確信當年的我十分清醒。雖然並不常想起，但只要我願意，總能回到人生初始詩一般魔幻的時刻。感覺溫暖獲得力量，像一個祕密的約定。

讓我深信這世界還存在玄祕動人的事物，生命中發生的一切都有意義。雖然它們時常被裝進荒誕殘忍的盒子裡。

我忠實記下這些與那些，在還記得的時候。

所有現實的倒影，記憶給我的饋贈。

1.

這是一本思索存在與死亡的書。我斷斷續續寫著。

從生命的盛夏寫到秋天，前後超過¼世紀。

「穿越」二字，我一直特別有感。

生存彷彿一場暗夜之旅，明知終點是衰老與死，除非提前殺了自己，否則還是必須往前走。這是夜旅的法則。

「穿越銀夜的靈魂」，其實早在一九九八《逆光飛行》時期就已出現在我的筆記本。眞正找到相應的內容，卻是在二〇一八年。並以同名長文發表於副刊。

作爲全書之名，它還有多重象徵（我一向偏愛詩意且多重指涉的書名）——可以是人我異境過去未來尋常想像夢醒生死，當然更包括文類的穿越。

我也喜歡夜晚甚於白晝。

夜必然是幽暗的，「銀夜」則不全然如此。

那些幽微難辨的時刻，灰黯中透出的光亮細節，被宇宙至美又沉默包覆的我。銀夜漫遊中來了又逝去的人事物……

穿越只能是自己安靜地穿越。

而安靜是最大的力量。我始終深信著。

這個題名陪伴了我二十年，最後成爲第二本散文集的名字，或許眞是因緣吧。即使「穿越什麼的什麼」，近年已被用得幾近俗濫了，我仍願意保留這書名。

2.

沒人規定散文該怎麼寫，就像沒人規定詩該寫成什麼樣子。我也從不認爲散文只能敘事，它是液體不是固體；文類更不是邊界，只要作者願意，它有最大的自由可以穿透，可象徵可意識流可超現實。在時空之內及之外，一切廣闊的存在。它和所有藝術創造一樣，需要開啓全部的感官與覺知。

然而它又不必是緊張用力的，我嚮往的散文和詩並無不同——澄靜悠緩又有餘韻。

散文是靈魂的漫步與深談。散文的極至是詩。

波特萊爾（Charles Pierre Baudelaire）不也說：「永遠做一個詩人，即使在散文中。」

能去到多遠，沒有人知道。

我不免想起遙遠的，法國南方的雪維洞穴（Chauvet Cave）。約翰・伯格（John Berger）描繪的：「在洞窟深處，亦即地球深處，存在著萬事萬物，風、水、火、天涯海角、死者、雷、痛苦、小徑、牲畜、光、未來的一切……它們在岩石內等待被召喚。」

每個寫作者都有自己的雪維洞穴。那些被召喚而來的，都是最神祕且獨一無二的。

如今想來，那飄浮於五歲房間內的神祕光球也是召喚。彷彿預示生命將遭逢的一切，在無人知曉的銀夜，所有眼見耳聞憂傷歡愉最後都將成爲創作的養分。

一切即心。

散文與詩的天涯海角，即是靈魂爲萬事萬物的命名。

3.

正因散文無邊無界，看似自由且容易。我反而特別重視練字剪裁結構，以及分寸拿捏。無論三五百字的短文，或三千字以上的長文。

練字是不留廢字的基本要求，至於是否字字珠璣，端看個人才情；剪裁使文章不至蕪雜，結構使整體不至疲軟歪斜；分寸是寫或不寫的斟酌，拿捏是避免情感氾濫成災。

我希望它們有詩的眼睛，也有潑墨畫的左手，工筆畫的右手。同時腳踏背光面和向光面。

散文也需要留白，一篇上乘的散文絕不可能是鉅細靡遺的流水帳。比起短文偏重靈光乍現，長文才是考驗作者的試金石。而無論長短，皆需沉澱。沉澱夠久，才能看清雜質所在。

我寫作的速度應該算快，但發表的速度很慢，除了少數，一篇文章或一首詩放在身邊幾個月是常有的事。我總習慣隔著時間長河回望，像陌生讀者般審視自己的文字，直到確定不需再更動了，才會放它們出去。我的筆記本裡有不少初稿，但絕少同時處理兩篇稿子。詩人導演尚．考克多（Jean Cocteau）的說法深得我心：

> 沒有比靈魂的旅行更緩慢的了……「迅速」會讓人陷入混亂……對作品而言，重要的是在每一部作品完成之後，等待身體擺脫殘留的氣息，可能需要很長的時間這種氣息才會離開。

至於長文，我只寫深深觸動我的，以及必須百分之百的眞誠。因爲這些原因，久久才完成一篇是必然的。〈鷩的黃昏〉、〈雪色〉是如此（它們曾獲第六和第十二屆梁實秋文學獎，也是我唯二參與的散文獎）。〈漆黑的夢中樹〉、〈永遠的異鄉人〉、〈日落，在北方大道〉、〈詩爲何物〉，以及同書名作〈穿越銀夜的靈魂〉等，都是如此。

除了情感，散文也需要知識。我一直熱愛知識散文的深廣豐饒，手邊也有不少這類的書。我總是一再讀著它們，像踏上一段又一段美好的旅途。我自己寫過最長的知識散文，是二〇〇五年出版的十七萬字《台灣現代詩自然美學》，雖被歸爲論文，也毫無疑問是我用心甚深的散文集。

散文人人會寫，其中的火候工夫，和任何一門學問一樣永無止境。

4.

思索死亡，也等同於思考限制與自由。

死亡有不悲傷的嗎？我不知道。但至少，這幾年我愈來愈體悟到，死亡能奪走的東西其實很有限，除了一個舊皮囊，以及世俗的財產（如果有的話）。那些無形且眞正珍貴的，是死亡無論如何也帶不走的，例如靈魂、智慧與愛。

而在有限的生之容器中，創造無限的精神世界，找到可能的自由，才是我心所嚮。

心理學家喬登．彼得森（Jordan Peterson）的一段話令我印象深刻：

意義是道路，是通往豐盛生命的途徑。意義是當你以愛與誠實的心境遵循著它，不再對它以外的事情有更多企求時，能夠讓你安身立命的所在。

做有意義的事，而不是便宜行事。

橫跨¼世紀的這本書，是凝視死生的長旅，唯其深深看進去，才更明白此趟肉身之旅有多可貴，捨不得浪費一分一秒在無意義的事上。能於此時出版，特別謝謝逸華費心安排。佳嫻百忙中作序，時雍與朱疋細心協助，在此也一併致謝。

書中所錄瘂弦先生短評，摘自《光之留顏》序〈融合與再造——羅任玲散文中的新消息〉；張曉風先生〈冷的眼，熱的心〉與陳義芝先生〈迷人的憂鬱〉，爲梁實秋文學獎評語。多年來他們的文字總是提醒我：莫忘初衷。順帶一記。

5.

佳嫻的序精闢精彩，本身就是極好的散文。文末提及「空靈」說，也容我作一點補充。

楊牧在《人文踪跡》裡寫過：

文學和別的讀物不同，在於它強調想像和憧憬，有時緬懷過去，有時設計未來，逍遙於人類自己的方寸中，肯定精神世界。

想像與憧憬，雖只在一心之間，但它拓建的精神宇宙，何其遼闊無垠。精神面必然觸及形上思維，卻不必然背離現實面。某種程度來說，我的確是「避世」的，但並不因此減損我對現實的關懷。

此種特質，遠從第一本詩集《密碼》即已確立，如〈寶寶，這不是你的錯〉、〈我在果菜市場遇見白雪公主〉、〈鞋子傳奇〉等。其後的散文集和三本詩集，皆有爲數衆多的例子。只是從過去到現在，我始終堅持用安靜幽微甚至魔幻寫實的方式來呈現我對現實的關注。在《穿越》中，我更有意識地藉「夢」來反證現實。因爲安靜幽微夢幻，因此給人空靈之感？是有可能的。但文學藝術的可貴，不正在於它容許從不同的角度去觀看，理解，詮釋。

謝謝佳嫻的引讀，讓我得以再次思索自己的創作之路。

卷一

光音之塵

╲穿越銀夜的靈魂

0.

上次她和母親來到奈良是秋天，如今小雪已過。一到夜晚，遍地清冷。即使如此，也還是美的。高大的銀杏，千千萬萬個銀扇，映照重重疊疊的今日與明日。隨手撿拾一片，與多年前的那一葉並無不同。

天漸漸暗下來的東大寺，上百隻烏鴉忽然飛出來，在夜空中狂笑：「ㄚˋ——ㄚˋ——ㄚˋ」「ㄚˋ——ㄚˋ——ㄚˋ」。她抬頭望向寒冬潑墨的晚雲，那麼冷然籠罩著癡傻的人們。群鴉諷笑之後又消失在東北的深林中。那裡落單的鹿正發出詭異的鳴叫。

沿著奈良公園，她慢慢走回旅館。白天熱鬧的公園，此刻一片暗黑死寂，路上幾無人跡。左側是靜默的奈良國立博物館，館中的佛像們還在夜裡睜著不眠的眼吧。一千多年來看盡生生死死。下午她才細細與祂們對視。她特別喜愛的飛鳥時代，天眞可愛的神態，童子般的微笑容貌，一再讓她想起母親。短促的此生與幾近永恆的祂們。

一個與誰都無關的旅人，在神祕的冬夜，慢慢走著。另一個東大寺博物館的佛陀影像緩緩映在夜裡，夢一般播放著：「只要你思維著我，我就和你在一起了。」此刻穿著母親送她的羽絨衣，雙手插在口袋裡，感覺著溫暖的她，也是和母親在一起的吧。原本以爲會是一趟感傷之旅，她的心卻漸漸平靜下來。異地的夜漸漸覆蓋，那是母親從未離去的溫暖……

1.

第一次到日本，也是第一次出國，是升大三的暑假。當時才開放出國觀光不久，除了護照，還得申請出入境許可。到現在我仍保留著那張許可證，是當年母親幫我申請的，上面還有她的簽名。鄧是班上的日本僑生，高頭大馬膚色黝黑，戴上墨鏡時頗有大姊頭的味道，同學們都叫大姊頭「老大」。

我帶著母親給的旅費，和另一個小個子的陳，由老大帶領，三個女生一路從沖繩玩到東京，最後一站到了京都。爲何沒去奈良，應該是老大沒安排吧？到京都時夏正熾灼，到處都是綠蔭和無盡的蟬鳴，天氣非常非常熱，我病倒了。鄧和陳兩人出去玩，我一個人躺在旅館裡，發著高燒，意識模糊，只覺得世界變成一個銀綠色的極大的水塘，我在上面漂浮著，許久許久，終於沉入了水底，那裡蟬聲依舊不斷嘶鳴。

那一趟我們總共去了一個月，沖繩的海藍天藍，東京迪士尼樂園的神奇魔幻，京都不眞實的美因爲摻和了我的高燒更加夢幻迷離。那是二十歲少女沒有邊界的夏日之夢。心飛到外太空去了，在沒有手機的年代，我以找不到電話爲由，整整一個月沒和家裡聯絡。卻還理直氣壯地以爲，反正沒事嘛。回台灣才知道，母親著急得不得了，又完全聯絡不上我，怕我在日本出了什麼意外，差點想去報警了。

2.

二十歲就去了日本的我，卻直到母親七十多歲才第一次帶她踏上這個國度。母親還是很開心，自己收拾了行李箱。事實上，這也不過是我第二次到日本，這二十多年與日本之間的全然空白，讓我此行的心情格外複雜。我思索著，爲何去了那麼多國家，卻沒想到再踏上這塊土地？彷彿才一轉眼，那個在夏日發著高燒的少女就已經老了。沒有銀綠漂浮的水塘，沒有熾烈的蟬鳴，經歷了許多人世炎涼，她再也不可能用那毫無顧忌的任性雙眼看世界了。

我一向不參加旅行團。喜歡自由自在，愛在哪裡停留多久就待多久的徒步之旅。然而當母親提議想去日本時，我卻猶豫了。首先這麼多年沒到日本，人生地不熟，如果是我一個人，那倒無所謂，我本來就偏好漫行探看，對陌生事物充滿好奇。但帶著母親就不同了。母親腳力不好，走不遠，萬一路上發生什麼事，還眞是麻煩。幾經考慮，最後還是決定報名旅行團。沒想到，卻整個是一場災難。雖然我特別挑選了包含京都奈良在內的，景色優美母親可能喜歡的古都。然而整個行程卻像急行軍，不斷從此地趕到彼地，所有景點都匆匆一瞥，彷彿過眼雲煙。最可憐的是母親，她永遠趕不上隊伍。每到一處，所有人都已抵達好一陣子了，我才帶著氣喘噓噓的母親趕來。爲了等她，行程也不免有所耽擱。最難過的是聽到同團的人低聲嘀咕：「走不動就不要來嘛。」

最嚴重的一次，是從東大寺出來，走到一半，一陣突如其來的暴雨，把我們和這團急行軍徹底打散了。爲了怕母親滑倒以及幫她遮雨，我們走得比之前更慢，當我有空抬頭時，四周早已一片空蕩，整團人像鬼魅消失得無影無蹤。我只聽領隊說過待會要去用餐，卻完全不知道是哪家餐廳？拿出領隊給的有她手機號碼的紙條，我的手機卻無法撥通她的。之前行路匆匆，接過紙條時並未細看，原來上面還有一行日文：「私は迷っています。」就算不懂日文也猜得出來，這行字是「我迷路了。」她早就知道這對母女會被隊伍拋下的，而且手機撥不通就會自己去借電話。

大雨中四顧茫茫，天地空曠樹影婆娑，一幢建築物的影子都沒有。偶爾遠方閃過一兩個也在趕路躲雨的旅人，根本不可能唐突衝過去借電話。

母親很緊張，因爲聽說吃完午餐就要離開奈良了，萬一他們等不到我們，就逕自出發了怎麼辦？我一面安慰母親「放心，他們一定會等我們的。」一邊帶著她繼續在大雨中艱難地往前走。沒有Google Map，只能憑判斷尋路。將近半小時，終於來到一處清幽的所在，石柱上刻著「二月堂」。寺廟在高高的半山腰，要爬許多石階才能上去，母親根本沒力氣了。我對她說「上面一定有電話，你在這裡等我，我上去借。」爬到一半，回望山腳下的母親，她正在有遮簷的地方一動不動地望著我，眼神寫滿了憂忡。

好不容易來到古樸的廟裡。因爲大雨，遊人稀少更顯寧謐。時間彷彿在這裡靜止了，又彷彿來到另一個世界。兩名僧人安靜坐在門內，我把紙條遞給其中一位。他看了一眼，忍住一絲笑意撥了電話。手機終於通了，領隊問了我們的所在，說她立刻來接我們。

掛上電話，雨勢已漸漸小了。那片刻的寧靜，我透過晶瑩的雨珠望出去，遠方是雲嵐間的黛青山色，那樣縹緲彷如幻境。我想起了多年前高燒時的銀綠水塘。沒有焦躁，沒有擔憂，沒有迷路。只有無盡的悠悠時間棲息在彼岸。

和母親一起在山腳的屋簷下又等了二十分鐘，終於看見雨中尋來的領隊，我們跟在她後頭，緩慢地走到餐廳。是定食，每人桌上都擺了一份。照例，大家都吃飽了，又坐在那裡等我們。母女默默坐下，吃著那早已冷掉的定食。母親臉上沒什麼表情，我心中卻頗自責，早知如此，就根本不該帶她參加恐怖旅行團，讓她受到這麼多的難堪和委屈。

終於結束旅程的那一天，前往關西機場的巴士上，母親望著窗外漸暗的街景，轉頭對我說：「總算到過日本了。」

3.

我一直想帶母親再去一次奈良。
安靜悠閒地，
想在哪裡待多久就待多久……

那個冬天。夢裡我終於有了兩星期的長假，我想著要去歐洲，但又想應該去日本，才能探望在呼吸照護中心的母親，但爲何母親是在日本的呼吸照護中心？我不知道，我只是想著，怎能丟下母親不管？就算犧牲旅行也一定要陪伴她，不能讓她一個人孤零零地躺在冰冷的照護中心。將醒未醒之際，濛昧寒流來襲一片漆黑清冷。我忽然意識到，哪裡有什麼呼吸照護中心，母親已經死了。

窗外銀白的月光透進來，照在空無一物的牆上。

意識模模糊糊走著。穿越了無數的銀夜……

那是念高中的我，放學後去找母親，她在南昌路的公賣局上班。夜色將臨時我走到了警衛室，對警衛先生說：「我找黃小姐。」幾分鐘後，母親就面帶微笑從裡面走出來。總是這樣，我從沒進過母親的辦公室，也從不知道她每天上班有多累。我只知道念書時從沒爲錢煩惱過。彷彿本該如此似的。

我和母親沿著南昌路，一直走到南門市場。母親會進去買一些熱騰騰的麵包給我吃，順便帶一些熟食回家，袋子裡都是沉甸甸香氣四溢的食物。她也不過四十出頭，眞的還是小姐啊。

鏡頭再轉，

那是六歲的母親。提著她母親給的一塊紅燒肉，要帶去給幾條街外的公太。經過最繁華熱鬧的商店街，提著紅燒肉的六歲小女孩，好奇地一家家進去看看。有賣布的，就用手摸摸那些好看的光滑的布料；有做糖的，就盯著做糖人用長桿把熔岩般的糖神奇拉長甩向天空又接回來，雖然她口袋裡沒有錢，買不了任何一塊糖。這樣走走逛逛，每一家都新奇。直到天快黑了才把紅燒肉送到公太手上，公太很著急，以爲她迷路了（啊那時我在哪裡呢）。

鏡頭轉著。

到了另一個春天的夜晚……

回到家中，母親神祕地從她手提袋中掏出三顆石頭送給我，兩顆是我喜愛的鐵灰色，另一顆黑得發亮，像是黑曜岩。三顆都渾厚飽滿，捧在手中沉甸甸的。我想起來了，下午我在園裡拍照時，看見母親落單在遠遠的那一端，低頭不知找尋什麼。三月的園子彷如幻境，風涼颼颼的。景物都飄飛起來。後來我們離開，夜色漸漸沉落下來，母親揹著她的手提袋，什麼都沒告訴我。好沉重啊。母親竟然揹著那三顆大石頭，走了那麼遠的路。

那是她和我的最後一次出遊。

那年冬天，她獨自去了很遠很遠的地方。

4.

一生，可以很遠很遠嗎？

這個明滅的世界……

我始終記得，那年迷路之前，在東大寺匆匆一瞥的四個字：「一即一切」。

我始終記得，送別母親的最後一刻。

閉上雙眼的她，是微笑著的……

交界

你一直記得那個黃昏。

空曠的十字路口，左邊是山丘上壘壘的墳塚，右邊是蓊鬱的林蔭大道。LY說，要往哪邊走？你想著左邊才是離家近的路，卻捨不得就此結束對話，於是你選擇了離家較遠的林蔭道。一路和LY閒閒地聊，聊的卻是嚴肅的生死和創作。一直到路與路的交界口，你們才道別。

你抬頭望向高架橋上寶藍的夜空，橘黃橋燈彷彿安靜的夢河。初五的上弦月高掛大廈右方，極亮的金星在不遠處伴隨月色。你突然想起那年冬天，耶誕前夕與母親在維多利亞港邊，黃昏與夜的交臨處，像生與死的鄰界。你想著，黃昏其實也不曖昧，從生到死的過程可以如此絢爛高遠，死的黑夜愈來愈高，愈來愈遠，直到成爲天邊的一顆星。

這樣想的時候，LY早已走遠了，那年冬天的母親也是。延伸在眼前的，是另一個夢的十字路口。遠方隱約有人唱起歌來，是童年遺失貓咪的自己——你翻過屋簷，沿著高牆行走，極目眺望遠方的草叢，以爲貓咪會在最後一刻改變心意。然而除了愈來愈暗的天色，什麼也沒有。你從此學會了飛簷，夜晚躺在冷涼的露台上，想像空無。有一回你從牆上摔下來，跛足了三個月。你一直沒再遇見貓咪，很多很多年過去，你想牠應該已經死了，腐朽時化成暗夜裡青蔥的顏色。

時間一直在或明或暗的遠方死亡，伴隨著歌聲。你習慣了不再濫情地檢視歲月，像皮膚上陰暗的花紋和斑點。但你還是在隱藏的流水聲裡聽見了，那年貓咪出走的痕跡。

軟涼的五枚足瓣，印在光陰的大石上，你輕輕敲著它們，有空空的回音。

廢墟

去看羅浮宮畫展，停在一張小小的畫前：亞西勒．亞特納．米夏隆（1796-1822），陶爾米那劇場的舊廢墟，一八二一。

那廢墟眞美，薄霧般的陽光穿過磚瓦和草地，彷彿永恆的手勢。然而永恆果眞來過嗎？在那無人的空蕩片刻。

你細看畫作日期，正是年輕畫家死前一年。那麼，畫裡的永恆其實是死亡的陰影了。二十五歲的靈魂，爲何迫不及待要告別廢墟般的肉體，去向茫陌的國度？是否也有許多個黃昏，年輕的他背著手，在廢墟前望著即將殞落的太陽，想起生命的不可久留。沒有人知道，那時他心中瞬息萬變的思緒，永遠不會有人知道了。

唯一殘留的紙片證實，畫家死於二十六歲，青春正匆促燃燒的年紀，死神穿過一切帶走了他。獨獨這一張畫，兩百年後的今天，被陌生的手裝箱、打包，飛越寂冷海洋，來到另一個異鄉，在陌生的大廳裡沉默不語。

陶爾米納劇場的舊廢墟，也像任何幕起幕落的劇場一樣吧。被時光淘洗，把所有濃妝的演員搗毀拋棄，破碎的台詞和野草一同接受風雨淋蝕，千百年後獨留幽幽的魂魄飄蕩，背誦永遠結束不了的濃霧與黑夜。

「然而那只是你的，你自己的黑……」突然暗下來的大廳，彷彿被一朵特大的雲挾持了，久久不肯離去。突然陷入黑暗的陌生人群，在自己的前世盲目走著，跌撞摸索來到幽暗的今生。大廳始終遮蔽的一角，布幕緩緩掀開，是那依然年輕抑鬱的畫家，手執畫筆，再度來到自己的畫前。在日光穿透雲隙時，覷見了曾經的敗壞。

「大海和陽光是異鄉人的名字。」卡繆說。比畫家年輕了一百一十七歲，日光同樣短暫照臨荒誕的心靈。「我震動了汗珠與太陽。」異鄉人說。他殺了人，卻說一切都是因爲陽光過於強烈的緣故。從未老去的畫家，也在炙熱中思索著，直到一切成爲灰燼。小說家不會說謊，畫家也是，瑣碎日常在冗長的永恆裡，彷彿異鄉人扣動扳機的一瞬。如果因而目眩，不過是因爲太陽的緣故。

些微的觸動，如能暫時抵擋冷漠，也是好的吧？小說家死時不過四十七歲，撞毀的汽車在黑夜裡像破爛道具，靈魂終於告別肉體，走下舞台，沒入黑暗草叢裡。轟然巨響，在車毀人亡的頃刻，何嘗不像扣動扳機的瞬間，戲劇張力達到極致，生命從此不再荒誕無聊。

「死亡是恐怖而醜陋的冒險。」小說家車禍身亡的黑白照片旁，附加了一行圖說，像看圖說話課裡無稽的註解，不管小說家同不同意。飛奔至第四度空間的肉體，正以光速加緊冒險，如同被判死刑的異鄉人，毫不眷顧已成廢墟的肉身。

讓一切都回到燈火通明的劇場吧！該上演的繼續上演，布景都畫上濃濃彩妝，向台下擎著火炬的陌生人拋擲媚眼。無意改變與堅定不變的，都成為暗夜裡的明月清風，冷然見證。

直到劇場成爲廢墟，廢墟化身劇場……

餘音

1.

母親早晨在公園運動，看見一樹緊抱的蟬衣。一隻隻彷彿十分痛苦，裡面的肉體早已不知去向。空空的殼子裝載整個巨大的夏天，缺少靈魂。

2.

蟬是不會做夢的。

你湊上耳朵去聽蟬衣，像聽海螺肚裡的風聲。蟬是不會說話的，牠們從來只會嗚咽，讓長長短短的一生都納入淚的音箱裡。

3.

夏天其實極冷。絕望的蟬鳴連成一條虛線，把洪水以來的夏天都串連起來。祕密成爲公開的耳語，在所有植物間流傳擺蕩，夜間幻化成奇異色澤。有時也變成圖騰，刻在老樹的心裡。每到月圓，樹們就發出詭異的、沉悶的心跳聲。

4.

每年都要重新撥弄一次的，造物者的手。有時帶來暴雨，有時牽引大水，或者在尖叫的大地上，讓芻狗的影子龜裂成一幅抽象畫。

這一頁是白雲，那一頁是溪谷，流過的逗點、分號是大大小小的鵝卵石。溪畔總有閉目沉思的垂釣者，被翻閱時不愼落入書頁的夾縫裡，成爲永遠的書籤。

5.

然而，芻狗分明是有不同的。

在天地不仁的陰影裡，總有什麼要掙扎著，衝破相似的結局，所謂宿命。

一本蝴蝶之書……

多明尼克．鮑比用僅餘的，能夠眨動的左眼，一個一個字母完成了「書寫」。造物者毀壞他全身的神經肌肉，卻又仁慈地留下他的左眼，那枚突梯古怪的眼球，連結著那扇眼睫毛。一次眨眼只能代表一個字母。

「夏天接近尾聲了。」

書的末尾，多明尼克．鮑比「寫」著：

「在宇宙中，是否有一把鑰匙可以解開我的潛水鐘？有沒有一列沒有終點的地下鐵？哪一種強勢貨幣可以買回我的自由？應該要去其他的地方找。我去了，去找找。」

多明尼克．鮑比去找了，卻始終沒有回來。你用手指一頁頁翻動他的遺作，覺得字與字的距離，竟是如此遙遠艱難。

6.

艱難的，豈只眨眼。

那年夏天，小舅從高高的鷹架摔落地面，在巨獸林立的建築工地裡，當場成爲碎骨。

從小夢想環遊世界的小舅，做過海員。當希臘還只是衆人心中的幻想國度時，他已在巴特農神殿留下颯爽英姿。

小時候，你們總是爭相傳閱小舅從世界各地寫回來的信，彷彿信紙上還殘留異國的海風，稍一牽動，就會把薄薄信紙吹向渺茫異鄉。那時候，你總以爲小舅會成爲作家，他的文筆是那麼好。

然而小舅始終漂泊不定，隨著旅遊風氣漸盛，他的信也不再新鮮引人。後來，他終於回到台灣，在一個比一個高的鷹架上扛著笨重水泥，掙粗活的錢，只爲了讓妻小能有一點溫飽。

許多個夏天過去了。你總想著小舅摔下來的那一刻，腦海中是否閃過年輕時的夢想，來不及整理就亡佚的信件，一字字刻劃而成的青春。

7.

青春與夏日的永恆倒影。

或者是，造物者與萬物的無盡糾纏。

出現在夢中的上帝對豹子說：「你活在這個囚房，也會死在這個囚房，好讓一個我所認識的人看你好幾次而不會忘記，然後把你的形狀和象徵放進一首詩，那首詩在宇宙組織中有它明確的位置。你忍受監禁，但你將為那首詩提供一個字。」

死前就已長期失明的波赫士，那時候，他距離烈火熊熊的青春也已經遠了。一隻豹子，不過映現了生命龐大且無可言喻的孤寂。相對赤手空拳的野獸，人類何其強大；相較人生的有時而盡，造物者又何其無垠。

被囚禁於造物者掌中的波赫士，明白自己不過是在短暫夏夜裡做了一個夢，夢見自己是一隻盲眼豹子，同時被上帝寫成幽黯的一個字。

8.

一個字，像盛夏老樹上的一枚蟬衣。

母親從公園運動回來，說看見樹身上滿滿的字，緊抱巨大空洞的夏天。

╲韶光樂園

1.

那株槭樹極美，她甚至並不知道自己的美，因爲這「不知道」，使她的美讓人安心放鬆。也因爲無人知曉，那槭樹像是獨獨爲我綻放一般。免於觀光區遊客的踐踏摧殘，不會有人攀折她搖晃她。

有段時間，爲了幫家人準備午餐，每天我要去市場一次。去程回程走不同的巷子，這樣可以見著兩種不同的風景。槭樹在回程小巷的左手邊，平常的季節只覺得她翠綠秀美，映著二樓的小窗分外好看。十二月初，她的葉子漸漸有了變化。到了一月初，澄黃的色澤讓她看起來像華燈初上的夢。

2.

即使同一條路，因爲陰晴雨日，以及雀鳥的加入，可以天天看見不同的風景。一條靜巷，變得那麼幽深豐饒，似乎永遠也走不完。每日往返市場的途中，因這祕密的約會，彷彿一天都得到了救贖。有時遇見一名拎著十幾顆紅橘的婦人，點亮了灰黯的冬日；有時是穿著兔耳裝的蘋果臉，搖晃學步，跌倒了站起來，還是開心地笑。

小學校園，圍牆邊高高的白楊樹，一直長到天空裡。

3.

夾奈良銀杏葉時，在《杜詩鏡銓》中隨意翻到的句子：「無名江上草，隨意嶺頭雲。」

4.

芭蕉長葉子的速度很快，幾天不到，一片嫩綠的芭蕉扇就長好了。有時我澆花嫌她遮蔽我的視線，或者害我澆不到被她擋住的盆栽。叨念了兩句，她又會好幾個月不長一片芭蕉扇。彷彿也有情緒似的。

5.

喜歡午後的寂靜悠長。彷彿日子可以一直這樣過下去。時光躺在涼蓆上，遠處近處只有鳥鳴。

6.

喜歡在一日將盡的時候去爬山。從華依達的《亞歷山大》俯看山下，燈影蒼茫。滄海變桑田只是一個鏡頭的轉換。左邊是盆地裡週年慶的人潮，右邊是山上擁擠而沉默的壘壘墳塚。

7.

細看山路上的樹，發現含笑花。欄杆上有一朵不知誰放在那兒的含笑，我拾起來，嗅聞清甜的花香。拿出紙筆，寫下幾個句子：

如果我有一個春天的庭院
還有一株高大的含笑
深淵送來她的清香
留給雨天的庭院

下山時，在小土地公廟旁的大樹下。忽然一陣急雨打在帽子上，窸窣作響。正要把傘拿出來，才發現根本不是雨，是非常細碎的小花苞。從來沒那麼多那麼密集的花苞打在我頭上。像當頭棒喝。

8.

神祕關乎一種安靜的節奏。馬車是神祕的，機車是不神祕的。夜山是神祕的，夜市是不神祕的。黃昏登山夜歸有感。

9.

今日放晴，霧霾散去，白雲在清澈的藍天裡遨遊。樓房的一角映襯在悠遠的夢裡，枝椏隨風靜靜搖晃。這是我的私密的絕美之境。兩名小女孩邊走邊聊，烏亮長髮在陽光下像河流，晶瑩閃耀。那是她們可堪揮霍的朗朗青春。手上是風隨手翻開的一頁：「比越窯的盌，珍貴百倍千倍萬倍的物和人，都已一一脫手而去，有的甚至是碎了的。」

10.

樹木。雲。花豹的紋路很美。那是因爲它們本來就是那樣，天然而未經任何雕飾。爲什麼週五晚上在捷運廁所見到那戴假睫毛，不斷往自己臉上抹厚粉，擦鮮紅口紅的女子，令人覺得恐怖，而她以爲是美的？

莊子。里爾克。或是約翰．伯格，《另類的出口》。我特別喜歡看他談梵谷的那篇……看見事物本來的樣子而非抬高它們，椅子是椅子，不是寶座，美麗的鳶尾花會凋謝。

11.

捕蚊燈在夜裡泛著幽幽藍光，被捕到的蚊子，身軀靜靜掛在燈壁上，一隻隻待刑的蝙蝠。

牠們距離永恆太遙遠，牠們已不再思考永恆的問題。

光音之塵

一

1.

如果可以，我願意用一切去換回童年無所事事的午後，那些光線裡的細微塵埃與音響。聽微風的影子拂拭遠山，寂靜的白晝有蔭涼花香。

我非常喜愛的繪本《巨人的時間》，很少很少的文字。其中一句是：今天什麼事都沒發生。

從春到冬，年輕到白髮，頭頂著一棵樹的巨人始終沒做一件正事，（因爲他是一座山啊。山能做什麼正事呢？）白天摸摸看看樹皮的紋路，抬頭是無盡的藍天。只有一次一頭母牛飛過，帶給他片刻驚奇。但也只是這樣而已，然後那頭母牛就消失了。

今天照樣什麼事都不會發生。
這樣也好。

彷彿午夢醒來，斜陽在窗簾外漸漸冷去。
發現一天又過去了。

2.

白色書封有什麼不好？比起始終不變的封面。
匿名者在上面作畫。從一開始的純白，每隔幾年，就變成另一本書。
舊了黃了，長出抽象畫的斑斑點點。
像一個人的一生。
沒有一本白書封的斑點是一樣的。
那是時光的手繪，並沒有最後，因爲永遠在變化之中。

3.

約翰．伯格曾用「煙藍色」來形容一種「魁奇李」（quetsch plum），什麼是煙藍？那或許是我童年夏天的顏色。打開冰箱芬芳沁人的可爾必思牛奶冰。竹筷捲的（經常黏到頭髮的）夢幻麥芽糖。圍牆外草叢裡（總是被拿來加菜）的野母雞蛋。萬年溪漂蕩一下午的雨中布袋蓮。沉默垂掛無人竹林的青竹絲。檳榔樹叢後凝視誰的瘋女人。偷挖地瓜一群人被追著跑的昏黃田野。母親自製的裝在餅乾桶裡的煙藍麻花捲。

4.

羅斯福是我們家的第一隻狗。據母親說，是爲了和鄰居的「拿破崙」一別苗頭，才取了這麼氣派響亮的名字。更重要的是，我們姓羅。

那年我四歲，站起來剛好碰到羅斯福的鼻子。記憶裡我從沒看清羅斯福的長相，牠不是伸舌頭舔我的臉，就是辛苦追趕自己的尾巴，要不就箭一樣衝出大門。在我眼裡，牠根本是一匹馬。

多年後，我在電視上看到高大的、毛色發亮的黑馬，總會想起羅斯福，那時牠已不見多年了。

羅斯福失蹤在一個冬日大雨的午後。母親說，她後來在街上看到一隻土狗，憨憨的，很像羅斯福。

現在回想起來，羅斯福其實只是我童年的一個暗影，倏忽消逝的詭異夢境。然而那樣的場景，我肯定是不會忘記的。

常常我在冬日的，接近新年的午後，聽著隱隱爆竹聲，念著一個個熟悉的名字：小胖、小白、美麗、小黑、哈巴、麻子、黑背心……，那些伴隨我成長，在時光裡老去的名字，現在都像夢一樣遠了。狗的生命也和牠們的心一樣吧！可以卑微到只要一點不太好吃的食物、一盆水，就能一輩子守在主人身邊。而那時候我以為的地久天長，最多也不過十年光景。更多時候，牠們像羅斯福一樣，在寒風裡消失得無影無蹤，來不及留下哀怨的眼神。

5.

生命中有幾次難忘的觀星經驗。

印象最深的一次是在蘭嶼。那年我十九歲，參加救國團的活動，和幾個同學搭夜車到台東，輾轉來到蘭嶼。那時的蘭嶼不像現在，到處是觀光客。走在小小荒涼的島上，吹來熱帶海洋的風。晚上我們住進一個舊軍營，陳年的床鋪和軍毯。睡到半夜，有人起來捉跳蚤。我也被咬了，無法再入睡，乾脆披衣起身到戶外去。夏末微涼的小島，我永遠不會忘記，那暗黑神祕宇宙，以滿天寂靜星光啓示我的，豐饒與深邃。後來我讀到周夢蝶的詩〈孤獨國〉：

這裏白晝幽闃窈窕如夜
夜比白晝更綺麗、豐實、光燦
而這裏的夜寒冷如酒，封藏著詩和美
甚至虛空也懂手談，邀來滿天忘言的繁星……

我總立刻想起那晚的蘭嶼。百無聊賴夢幻星垂永不再臨的青春。

6.

颱風將臨的黃昏，特別想念母親。不知她現在在哪裡？過得好不好？

母親直到五十九歲，我才第一次帶她出遊。我用「帶」，是因爲母親方向感不好，在陌生地方從不會認路。但她喜歡看新鮮的事物和風景，因此出遠門時，常常很依賴我。第一次帶母親出國時，覺得她像我妹妹。最後一次帶母親出遠門時，她已經像我女兒了，那次是爲了一起帶二姊「回家」，我們這一生走過最遙遠傷感的旅程。

哥哥走後，我經常回台北陪伴父母。父親通常很早就睡了，我在客廳一邊和母親聊天，一面吃簡單的晚餐。尤其最後幾年，母親常和我聊起她小時候的事。我特別愛聽，彷彿也參與了她的少女時代。雖然在我眼中，母親從沒變老。或許是她始終保有純眞之心吧，看她的畫就知道。

母親走後，想念她時，我就看她和我一起出遊的照片；或者看她的畫，看很久，便有一種會心的溫暖，彷彿母親從來不曾離開過。

7.

忽然想起那年和母親同遊印尼。夜裡車子經過一個小村莊。漆黑之中只有車燈大亮，兩旁的樹布景般不斷倒退，枝椏錯亂指向夜空。偶然一兩間民房洞開，門口板凳坐著面孔模糊的村民。被車燈打得過於蒼白的臉，有種鬼魅的錯覺。我一直記得後來經過一個車禍現場（那樣荒涼的小村那麼突兀的事故），白布覆蓋的人噩夢般靜止在幽寂無邊的大地上，只一秒鐘，就永遠消失在淡漠的夜色裡。

8.

比起「時間」，我一直更愛「光陰」。明明同樣的意思，後者就是比前者多了幾分情感和詩意。彷彿時間只是個冷硬計算的傢伙，光陰卻是有溫度有畫面的。多年前我寫過一首詩〈下午〉，最後幾句是：

光陰乘著死亡來去
像雨水一樣簡單
像無事的一個下午
誰靜靜
發現了夢

從年少就感受人生彷彿大夢，常常書寫死亡的我，每次重讀這首詩，總能輕易回到那個氤氳的午後。詩人梅新曾爲這首詩寫過一篇短文，轉眼他也離開二十多年了。

現在？我又發現光音比光陰更動人。

誰知道呢？它們落下的塵埃都是一樣的。

光音之塵 二

他攤開星空的藍圖，把自己擺在管理員的位置。

晨夢得句：關山冷，溼涼見雨芒。

又得到夢中一句：在每個時空斷裂的切面與自己相接。

王大同在午夜的廢墟裡夢遊。這就是所有詩的神祕性來源。就是波赫士的〈循環的夜〉，就是塔可夫斯基的《鏡子》，就是考克多的《奧菲的遺言》。

在夏天就要過去的茶水間，我遇見一個女人。風軟的肉體，蘊藏著無數問號。

然而她不過是一只瓷杯，杯上的一幅圖畫。誰遺忘了。在夏天就要過去的長廊上。溫潤的肉身。冰涼的憂愁。

•

剛睡下去就有一個女人打電話給我，說她姓符，符咒的符，還是幸福的福？我請她再說清楚一點，就醒過來了，然後又昏沉睡去。如此反覆做夢二三，夢與現實的界線愈加模糊不清。

•

但這次，夢中的母親頭髮全白了。她在文具店裡，買新年禮物，對店員說著什麼。我在遠處跟朋友說：我要去找我媽了。和從前一樣，當我對人提起「我媽」二字時就會升起的安心感。夢中我暫時忘了，四年前的今天，是她進塔的日子。

•

有一天，那些螞蟻就不再來了。永遠消失在跋涉過的山水。

•

蟬衣。另一則關於虛空的命題。

•

忽然憶起幼時托兒所的老工友B先生，每天中午用大同小電鍋煮咕嚕咕嚕的稀飯。一人來台，早已作古多年。

鏡中人

1.

詩是一面鏡子，清楚映現作者本來面目。

2.

練句是必要的，過了頭就變成魔障。只見用力的語言，不見有力的思想。

3.

抒情詩眞正的美，是思想、情感、神祕、深度的整體美；抒情詩要避免濫情老套，才器膽識缺一不可。

4.

好詩是多向度的召喚。

5.

約翰．彌爾頓說的好：「誰想做一個詩人，他必須自己是一首眞正的詩。」眞正的詩該是什麼樣子？不同的人有不同的答案。這樣很好，詩本來就不該有標準答案。

6.

一目瞭然，毫無想像餘地的詩，與裸裎相見有何不同？

7.

我喜歡的幾乎都是無人之境，像深林。星空。荒野。大海。卽使其中有人，也非現實中人，大抵如夢。

8.

我喜歡背影勝於正面。原因很簡單，靈魂是不需要五官的。五官很小，小到幾秒鐘就可以把故事說完。背影很大，大到可以爲它說一千零一個故事。臉是文，背影是詩。臉是現實，背影是夢。

9.

我在黃昏的河岸與海邊拍過許多夢與詩。那些陌生人走向未來，沒有表情。他們安靜，把世界帶到很遠的地方。

10.

京都的西芳寺也是一面侘寂之鏡。

那些幽黯苔蘚，是旅人遺忘的明信片，寫滿了宇宙願望。光陰在其中堆疊生死，或許還有愛與恨吧？

苔蘚也懂得愛恨嗎？那麼細密溫柔的體膚。

卑微。簡約。優雅。極致。十四世紀的枯山水在腳下，延伸到無盡遠方。夕暮徘徊的潭影，殘山剩水勾勒的萬事萬物——終將敗壞的繁花盛景。夢窗疏石。夢窗疏石。如今他也凝視著滿園荒涼青苔嗎？

11.

現實具象的美短暫且不可靠，唯有將其昇華到抽象層次，且駐留在大宇宙間，才可能永恆不朽。那是一種形而上的哲學之美。不像世俗之美，總是短暫而具衝突性，波動劇烈且令人患得患失；甚至美如羊齒化石，也都有瓦解的一天。

具象的美令人憂心，教人操煩；但只要美不再囿限於形體，就永遠不必擔心它會消解滅亡。詩人說的：「詩自身就是一種不滅的哲學之美。」而這不滅的哲學之美，非得與形上宇宙結合，不能至此。

12.

在旅途中，獨自一人步行是最重要的。說我是在旅行中思考一點也不過分。

二十多歲開始踏上旅途的安藤忠雄這麼說。

這一點不奇怪。因爲一個人就是一個世界。那樣緩慢，寧靜，深沉，永遠不必開口說不想說的話。

唯有獨行的時刻，才能清澈鑑照鏡湖般的寰宇。

13.

讓山去高大，任天空去遼闊，我輩雖渺小，依然能從一莖野菊看到全世界。

14.

歐姬芙的沙漠，煙雲閃電烈日花影，被白骨豢養的山谷。王者君臨於此，把死亡墳場天空收納懷裡。

15.

波赫士畏懼的鏡子。誰都有過的，在夢與現實間拉扯逃離又再回來的，靈魂裡的那頭野獸。

16.

有多少花朵在林中枯萎
或在山丘上死亡
卻沒有機會知道
它們自己有多美

艾蜜莉狄更森的詩。那是人類視角的慨嘆。花不知自己的美，因而能自開自落，一切了無痕。總是照見自己內心，帶來苦痛歡愉的，只有人類吧。只有人才會有創造的渴望。即使如艾蜜莉狄更森避世至此，也還是想寫。那是打敗死亡唯一的方式。

17.

世間的冷慄困阻從不曾因詩人的悟道而減少，但同樣的，大自然的美也因詩人的不斷追求，而流露豐盈的生機與智慧。它們就這樣在無常的人間交織，於片刻閃現永恆，且成爲詩人無窮的命題。

18.

面對幾近永恆的青山，所有人間志業都變得微不足道起來，再驕傲的人也不得不學會低頭。而永恆到了極至，竟是一種寧靜大寂之姿，教人深坐、定靜、凝想這超越一切的宇宙大化。

19.

詩人完全明瞭永恆不可抵達卻可接近。詩，正是逼近永恆的一種姿勢。而山的莊嚴與水的無盡，無疑爲詩人開啓了永恆之門。山水是詩的反影，詩也是山水的變貌，它們互動相生，繁衍無盡，只要山水存在一天，詩人便有無窮無盡的題材；只要詩存在一天，山水的形貌便將永留世間。

20.

自開自落，一切了無痕的野薑花。
偶然一天，
沉默的你，
投影在我的世界裡。
年少時曾經喜歡的一首歌，主唱者是劉藍溪。〈野薑花的回憶〉如夢一般，是少數空靈且詩意的流行歌。劉藍溪清麗出塵，當年三十出頭的她，正當萬事皆好，卻毅然離開紅塵修行去。多少年過去了，成爲道融法師的她，剃去頭髮，身著袈裟，依然那麼美。當然不是世俗定義的美，是智慧莊嚴之美。

憂鬱

F在法國鄉間有隻貓，她說牠患了憂鬱症，黑皮毛配上黑眼睛，像極冬天淒苦的夜晚。她說牠從來不抓老鼠，頂多只對那些煩人的小東西投以冷漠的注視。法國人有點像那隻貓，F說。

F旅行到亞維儂，悶熱的夏夜有人當街表演吞火，火吞得太多了，傷到喉嚨。何不喝些牛奶呢？喝牛奶對傷處有益。好心的路人建議吞火人。我要是有錢買牛奶就好了！吞火人在夜空下不耐地回答。你簡直無法想像他們窮到那種地步。F說。

我想起《新橋戀人》裡那個瘸腿的流浪漢，每夜在絕望中吞下大量酒精，然後噴出熊熊烈火，燒掉半片天空。圍觀的人群報以熱烈掌聲，包括那名蹺家的富家女。瘸腿流浪漢後來愛上了她。老流浪漢狠狠告誡他：你根本不配，流浪的人是不配談感情的。瘸腿流浪漢在極度憂鬱中燒掉所有尋找富家女的海報，滿天火光像他嘴裡噴出的烈燄。

旅行和流浪其實沒什麼不同。F說。我看著她曬得黝黑的面容，永遠學不來的不世故，在世故的台北看起來像個外星人。然而F說她是憂鬱的，只有看到我們這群老友時才會露出笑容。我看著她男友爲她拍的照片，有一些的確沉鬱有思，有一些卻又燦若天使。人的憂鬱總有極限吧？當嘴角不斷往下沉，沉到谷底時，陽光總會照射進來的。像《新橋戀人》裡的流浪漢，上帝終究不忍遺棄他，彷彿接收了一只破手提袋，裡面有高貴的愛情和虛幻的火燄。當然，閒人勿近。

沒有什麼憂鬱是無法祝福的。每天有無數隻黑貓慵懶穿過大街小巷，用輕蔑的眼神掃過現代化的水泥鋼板，其中有一隻被F接收了去。

然而會不會有更多的F和黑貓，每天在憂鬱中交換著錯綜的馴養關係呢？我想著，或者是，F個F這麼想著。

別只是死寂

給我暴風雨，別只是死寂，別只是枯坐著。

——C．S．路易斯（1898-1963）

當沉默傾洩而下，黑暗中的你，將如何抉擇？

《影子大地》裡，由安東尼．霍普金斯飾演的牛津大學文學系教授路易斯，在面對突如其來的愛情，思索長年的宗教，死的掙扎、生之困惑時，終究痛苦而堅定地說出這句話：

「給我暴風雨，別只是死寂，別只是枯坐著。」

他清楚知道，等待的煎熬更叫人摧心折骨，雖然他也恐懼看見答案，那躲在夜雨中，詭魅招手的答案。

有則寓言是這麼說的：某囚犯被迫在貼著「死亡」和「未知」的兩扇門

中選擇一扇，他猶豫許久，終於選擇了「死亡」。槍決之後，獄卒打開那扇「未知」的門，裡面寫著幾個字：「此門通往自由」。

人對未知的戰兢可能更甚於死亡？對有宗教信仰的人而言，未知可以託付萬能的神；對疑神者來說，未知則只能成爲孤軍抗戰的時刻。但卽使身爲教徒，路易斯也從未把自己的腦袋和未來交給上帝，他在面對群衆演講時就說過：「我不確定上帝是否要我們快樂，但祂要我們長大。兒時的玩具帶給我們快樂，小房間就是全部的世界，但我們勢必要走出去，被苦痛帶出去……」

像某些族群的成年禮一樣，孩子們通過恫嚇的儀式，從此在心中烙下印記：這是一扇單行的門，只許向前，無法回頭。

所有人勢必都要被帶出路易斯的小房間，拋棄洋娃娃或狗熊，拿起眞實的矛和盾，在無邊的人生戰場上衝刺。有人得心應手，不斷開疆闢土；也有人屢戰屢敗，從此退回自己的小房間，繼續和洋娃娃、狗熊作伴。

路易斯在失去心愛的喬伊後，面對天人永隔的事實，曾說出椎心的痛楚：「我現在懂了，我只是在經驗著，經驗是殘酷的。上帝是活體解剖者，這是殘酷的事實。」

問題是他已走出自己的小房間，上了鎖，不可能再回去撫弄他的洋娃娃或狗熊了。

路易斯曾創造出不朽的童話《魔衣櫥》，讓無數的孩子懷抱希望，以爲世上眞有一座神奇衣櫥，只要打開櫥門，通過那些毛茸茸的皮衣，就會到達一座四季芬芳的森林，那兒有無盡的魔法和驚喜，歡樂永不結束……

十歲那年，我在看完《魔衣櫥》後，曾經天眞地躲進家中大壁櫥，屏息等待了十分鐘，結果什麼也沒發生，失望的我關上櫥門，以爲自己再也不會相信童話了。這麼多年以後，我驚訝地在《影子大地》裡看見那偷偷打開櫥門的小男孩，用同樣失望的語氣說道：「它不過是座普通的衣櫥罷了！」小男孩轉身，路易斯就站在他身後。路易斯只輕輕對小男孩說：「它確實是個普通的衣櫥，但我從小就和它在一起了。」

「魔衣櫥」曾經是路易斯的小房間，也是小男孩的，那裡無風無雨，麗日光明。「魔衣櫥」彷彿也是你的神祕通道，像一扇通往夢中花園的門。在等待與盼望之中，你悄悄長大，老去。在經歷無數次蛻皮後，才發現很多很多年前的自己，已經面貌模糊了。

「將來的痛苦中有現在的快樂，這是交換。」路易斯說。

熟悉這世界的生存法則，愉悅或痛苦都將變得輕而易舉，問題只在於：你是否心甘情願？

片尾小男孩帶著他的狗，向遙遠的山谷奔去，遠方霧濛一片，像是陽光要出現了，又像暴雨將至的前兆，只一座粉色小屋，孤獨地佇立山頭。

讓雨傾瀉而下吧！黑暗裡，有誰這麼說……

濤聲遠去

花蓮的海藏著祕密地圖，只要向前走，向右轉，噗通一聲，海龍王就會冒出來，送你一個軟軟涼涼的果凍布丁。

•

每到暑假，你都要編一個關於花蓮神祕之旅的故事，告訴鄰座，讓她羨慕得兩眼發直，然後央求你「下一次我跟你去好不好？」

答案當然是否定的。你怎麼可能帶一個幼稚的同學回花蓮？於是，在老師公布完暑假作業，轉身擦掉黑板上的粉筆字跡，班長喊敬禮的時候，你就第一個衝出去排路隊了。臉上當然是極度喜悅的表情。你頭也不回地走在路隊前方，然後在快到家的時候回頭對她們說：「再見，暑假快樂！」

暑假的確是快樂的。你花了三天時間把一整本暑假作業寫完，然後把書包課本全部扔進衣櫥裡。在返校日以前，它們是沒有機會重見天日的。你抬頭望向七月特有的藍天，像海洋一樣澄淨的藍，是花蓮，海岸山脈藏不住的微風。

•

舅舅們照例要出來迎接你們。從大舅到七舅，一起出現的時候，就像高低起伏的中央山脈。有段時間你最喜歡四舅，因爲他最會說笑話，讓你們笑岔了氣他自己卻面不改色；也喜歡七舅，因爲他長得像電影明星；最怕的是大舅、二舅，那時候他們都在做事了，嚴肅得像兩尊神像。

外婆總是說你：「還是那麼瘦。」外公當律師，有忙不完的事要處理，招呼你們後又回到他的辦公桌前。你不知道律師是做什麼的，只曉得外公在辦公時不能去吵他。

每年暑假回去，中央山脈的山形都有不少變化，六舅、七舅長高了，大舅、二舅就顯得矮一些；外公白髮多了一點，好像課本裡玉山上的積雪。你是不變的，你這麼想。七月的涼風總是夾帶海水味，海龍王的果凍布丁從來不會缺席。

外公過世時是冬天，學校還在上課。你沒有心情編故事了，望著校園裡的鳳凰木發呆。冬天的鳳凰木眞醜，雨水順勢從暗褐的樹身滑落地面。旋成一渦水窪，滴入外公的辦公桌裡，向虛黑的前方流去。

那個冬天雨一直落著，花蓮在遙遠的海上漂浮，黑紗別在海鷗的背上，一起一落。

外公去到很遠的地方了吧？有沒有另一張辦公桌？他在後面坐著，從清晨，直到月暗星稀。

•

鳳凰花再開的時候，你把辮子剪短了。夏日的風吹拂著你的短髮，突然覺得自己是長大了。細細疊好深藍百褶裙，收進衣櫥的最底層，闔上門的那一刻你輕聲說：「再見，暑假快樂！」

沒有人回答你。窗外，只有一聲比一聲寂遼的蟬鳴。

驪歌穿越枝影茂密的園子，停駐在灰撲撲的圍牆上。打個轉，消失在更遠的柏油馬路。

更遠的是海濤聲。

•

外公的墓在吉安鄉，一大片綠絨的稻田中，外婆和母親都說那裡的風水好。面向著太平洋，背後是連綿不盡的中央山脈。

外公果然是每天都看著朝陽升起吧，你這麼想。彷彿他眞的背著手，在秧苗間緩步踱著，偶爾抬頭看看遠方的雲朵。

那是怎樣的心情呢？你騎著自行車，從花蓮市一路繞到吉安鄉，沿途有些定靜的騎樓，晾在竹竿上的衣服悄悄飄移，彷佛隨時都將隨風飛逝。

陽光熾熱，蟬鳴愈多。有時你想海岸線就在前方了，在一叢綠林的後面；忽然又覺得它們在你頭頂上方，連成一道圓弧的手勢，那些細碎潔白的雲朵都是海裡的貝類。是天地聯手的騙局嗎？你在倒轉的宇宙間騎著渺小自行車，模糊的輪痕印在奢侈光陰裡。

近午時分，你牽著疲累的自行車，慢慢走在雜草叢生的田埂上。田埂的那一頭，外公穿著白布衫向你招手，神態安詳極了。你揉揉眼，眞的是外公。

「外公！外公！」你高興大喊。一面牽著自行車想快跑過田埂，一不小心，連人帶車就摔落稻田裡。

確實只有濤聲吧。多年後你在記憶的大海搜尋這段往事，關於花蓮的，或者更確切地說，是關於那神祕不可解的彼岸故事。

一點一滴的，匯成另一座汪洋，悄悄注入每一年的夏日裡。

一個人的夏日花園

0.

到現在我還經常想起這個寂靜的夢。

1.

剛上小學的我，每天去學校的路是穿越載甘蔗的小火車的鐵軌，再穿過一片茂密的竹林，那裡偶爾會有蛇脫下的空殼懸掛著，在陽光下凝結幻象。然後過橋，橋下是萬年溪水晶瑩流逝。那時還常常見到豆娘，從溪面像小直升機飛起，逗留在岸邊。

如果走另一邊，就會穿過一片檳榔樹，和樹叢後的瘋女人對望。那場景太陰暗神祕，以至於到現在那女人彷彿還在對岸凝望著我。

大雨過後，萬年溪常會漂浮一些不尋常的東西。有一次是一頭死豬，肚子已經鼓脹，像半個地球儀，在灰灰的天空下載浮載沉。那是我第一次遇見死亡。現在想起來，應該就是所謂的病死豬了。

有時我病了，母親會帶我去一家很大的診所。我一直記得中庭有幾隻亮麗的大鸚鵡，天氣好的時候，陽光在牠們身上製造多彩的幻覺。看完診後，等藥的時刻，我總是靜靜站在中庭，看牠們。日光充足明亮，使我幾乎忘了自己是病著的。鸚鵡不都是聒噪的嗎？奇怪的是，現在想起來的畫面卻像默片般的安靜。

有一次我從校園帶回一隻蝙蝠，牠病了，翅膀收攏起來。幾天後，牠就死了。我們家有一個院子，我應該是把牠埋在某個角落了。

那一帶的土壤非常肥沃，雨後總有許多蚯蚓鑽出來。不必施肥，果樹就長得很好。我們院子裡有很多果樹，都是吃完水果後把種子埋進土裡，自己長出來的。我現在記得的有木瓜樹、枇杷樹、蓮霧樹、芭樂樹和芒果樹。蓮霧樹靠近圍牆，結出的大蓮霧常常垂到牆外，夏天總有一兩個小孩在外面跳高摘果子。除了果樹，院子裡還有夜來香、玫瑰和桂花。不分清晨和夜晚，它們是我對芬芳最早的記憶。

至於門外兩棵高大的野嘎逼樹，柔軟的綠傘藏著啁啾雀鳥，開美麗的小白花，朱紅小果甜蜜無比。微風輕盪時我總會爬到樹上小憩，想像自己是樹屋的主人。那是我一個人的夏日夢中花園。

夏天還有無聊的事，就是看鄰居小孩追台糖五分車抽拔甘蔗。遠遠聽到汽笛聲就得準備好了，等到火車慢慢接近時要瞄準目標，選定一根拔出來，速度得快。

也會去更遠一點看火雞，他們家在往養雞場的路上，母親派我買雞蛋時，我總會先在火雞家逗留一陣子。女主人十分壯碩豐滿。多年後我在費里尼的電影裡看到那威儀的大地之母，總會不由得想起南國的火雞之母。

2.

南國其實沒有冬天。即使月曆上的冬日確已降臨。

白熱的陽光和晴藍的天空，總讓我以爲夏日永不結束。

快過年的時候，母親會在院子裡架起竹竿，曬豬頭皮。豔陽很快就讓蒼蠅歡樂地在上面產卵，不到兩天，蛆就冒出來了。母親要我用原子筆尖把那些蛆挑出來，奇怪那時候也不怕。

豬頭皮在陽光下曬出琥珀色，母親就把它收起來，過年時切成細條，炒大蒜。那爆香的滋味，是我對新年最深的記憶。

南台灣的年從來不冷，父親手寫的春聯貼在大門外，薰風裡。鄰居經過都稱讚父親的字好看。

會去村子裡比較熟的幾家拜年。鄰居拿出來招待的，不外是裹著白色或粉色糖衣的花生，或是細長的冬瓜糖。有時也拿到一兩個小紅包，就開心地存起來。

年過完了一切又恢復寂靜。

我喜愛那空氣裡特殊的寂寥，一直都是。

總是到村子裡最遠的水塔上寫功課。安靜無人的午後。

風爲我翻頁著寫字簿。

在微微的暖風中眺望竹林、鐵軌和模糊的遠方。
彷彿世界的邊境。
有一天我也會離開這裡嗎？偶爾也想像著。

直到十歲搬去北部前，那都是我一個人的夢中花園。

許多年後，因爲參與一部文學紀錄片的拍攝，我隨工作人員搭上火車。
近午時分，列車停靠在屏東站。從車窗向外望，是陽光裡的夢幻小月台，那麼多年不見，卻像個老朋友般沒有改變。那個不滿十歲的小女孩，彷彿還站在蔚藍天空下，引頸盼著北上的列車。

鯨夢

許多年前，我在國際影展看過一部電影，其他情節都不記得了，唯獨對那隻巡迴展示的鯨魚念念不忘。小女孩在夢一樣漆黑的夜裡靜靜跟著鯨魚標本，車子四周綴滿燦亮小燈泡。鯨魚張大了嘴，死去的眼睛彷彿還要發問。大鯨魚和小女孩，一起在無聲的夜裡向前方流去，像一場醒轉不了的夢魘。

更多年以後，我在台北的一家精緻書店裡，四周流動著高雅、斯文的讀書人。我佇足在一個奇異的櫃前，發現一張各類鯨魚歌聲的CD，座頭鯨、大翅鯨、藍鯨、殺人鯨……，封套背面寫著：其實這些不是歌聲，但它們千眞萬確發自鯨的內心。你甚至不能再稱牠們爲鯨魚，因爲牠們根本不是魚。

我終於沒買下那張CD，牠們使我想起那隻死去的，巡迴示衆的標本。但還是有意無意尋找鯨的身影。對於這樣奇特的，明明是哺乳類，用肺呼吸，卻混跡海洋的生物，我的好奇確實夾帶悲傷。如果有人訪問一隻灰鯨，不知牠會不會說：「其實，我們的身世你也可以問蝙蝠，看牠有什麼感受？」

據說鯨的祖先也有四隻腳，後來因爲遷居海洋，前腳慢慢變成鰭，後腳則消失了。這樣的改造看似簡單，卻也經歷了幾千萬年。而面對遠遠早於史前人類的活化石，人們在讚嘆鯨兄弟姊妹全身都可利用外，是否還能升起一絲崇敬之情？

崇敬大概是奢望，血淋淋的鯨身總是曝曬豔陽下，四周圍滿議價人群。那場景讓我想到分屍案，只不過缺少肅穆的氣氛，多的是節慶般的歡騰。後來我翻閱百科全書，裡頭提到史前人類就已懂得獵鯨肉作食物，點鯨油燃燈，才恍然大悟：原來，人類的殘酷是從老祖宗就開始的。

殺戮戰場不再明目張膽上演後，私下更駭人的交易卻有增無減。有幾次我看見被逮著的魚販，隔著距離，被肢解的鯨身彷彿還滴著淚，夾雜腥味海風。那鹹澀的味道竟能穿透時光隧道，多年來在我的晚餐桌上揮之不去。

「鯨夢」的故事如今愈走愈遠，只剩模糊的情節繼續擺盪。我卻想起更小的時候，我踮起腳尖，隔著厚厚的，有點混濁的水箱，努力看清裡頭的鯨標本。牠灰黯又皺褶的皮膚有著奇怪的藥水味，直衝我緊貼著的鼻子。牠靜止在那裡，像一座枯槁的山。我和牠的肉身對望良久，直到大人過來說：「走吧！去看別的展覽。」我被大人牽著手，離開那座沉默的鯨身。我回頭看牠，發現牠身上還有許多殘留的傷痕。牠永遠不會再開口說話了。

回憶的片斷始終昏黃幽魅。儘管那時我真的和一隻悲傷的鯨對望過，和牠的家族照面過，甚至在虛幻的電影裡撞見自己。

或許，眞的是一個夢吧。

就像鯨的家族夢見自己變成怪異的魚，從陸地迢迢遷居到大海。潛身成另一個假面，等待黎明時看清噩夢的全貌。哪一個，才是倖存的自己？

╲雲外書

你在起霧的山林
遠方雪色愀然
你在風雲的山巔嶺上
歷史遊走如夢

山裡的眼

東埔的夜藏著水聲，從很遠很遠的溪澗中穿過山谷。在山禽走獸都來不及辨識的當兒，早已越過歷史，流向茫漠無涯的未來。

你們，一群天地間的小小蜉蝣，在初夏時分攜著一絲茫惑與興奮，來到這群山間的小聚落，卸下行囊，靜靜諦聽一聲聲嘹亮急切的蟬鳴。一時之間，彷彿整座山谷都凝聚著悲切的蟬聲了。是不平嗎？眼見永恆偉傲的山勢連綿天際，而牠們，卑弱的軀殼卻維持不了一季的顧盼；暫時卸下庸俗的你們，用心靈與整座山谷對話，卻也僅僅是對話而已。

山谷裡有回聲的，風說。

趁著夜色，你們從歇腳處一路步行下來，窄窄的山路兩旁有還未打烊的商家，布農族的小女兒亮著閃閃的大眼睛望著你們。你過去跟她笑笑，問她幾歲了？她羞怯地比比手指頭，九歲。

山裡的孩子，懂得流水的語言吧！你想她晶瑩的眼神裡正有一支歌輕輕唱著，伴隨滿天童謠，唱到月暗星沉；城裡的孩子不會懂，也不屑懂的。

賣山雞的老婦人在一旁，慫恿你們買一隻鮮嫩的現烤山雞：「很甜的。」她用了這麼一個形容詞。你看著她期待的目光，皺褶的黧黑臉孔，一隻隻烤得酥脆油黃的山雞。

「謝謝。」你們笑笑，跟她搖搖手，表示眞的吃不下。她索性撕下一隻雞腿，自得地吃了起來。一隻小小的土山雞就從你們腳邊跑過，消失在暗夜的山叢裡。

路一直延伸到看不見的墨色深處，再遠方就是山谷裡稀落明滅的燈火了，他們都在想些什麼呢？在靜寂的燈下，迢迢的歲月當中；你從高高的山嶺俯瞰他們，懷想沙里仙溪和陳有蘭溪是如何以美麗的名字流經世世代代，不息地滋養灌溉這片谷地；小米酒如何在初酩的芬芳裡醞釀四季的暖香，涉過溪石的水鹿如何在啜飲甘泉後留下遲疑的足跡。一切的一切，夜色只以靜極了的眼神回答你。

風，靜靜穿過了谷地。

裸露的岩層

清晨時分，並不意外地有許多鳥鳴，高高低低，時而清亮、時而模糊地盤繞在你們四周，呼吸吐納著樹叢間的清芬。牠們，才是這裡的主人吧。

在這海拔平均兩千五百公尺的山區裡，該有多少羽色鮮麗的禽鳥，在曙光初露或雨霧瀰漫的清曉，喚醒一株株山野植物，密林中蜷伏一夜的獸類。

你想像那些依山勢而生長的芒草、赤楊、紅檜、扁柏，以及更高的箭竹、雲杉、冷杉，如何在煙雲裊裊中諦聽一回又一回的婉轉天籟；雲豹與黑熊在躲過獵殺者的陷阱後，如何悲涼地抬起頭來，仰視蒼天遨遊的鳥蹤。

眞的沒有答案吧。你想。

千古以來默默繁衍的廣袤族群，忽然就成了被保護者，只因後代子孫即將瀕臨滅種的厄運，只因所謂的天堂在剎那間成了危機四伏的牢籠。分不清善惡的蒼鬱時光，讓青苔一分一秒地攀上岩石，恆常久遠地坐著，教萬物臣服，崖岩靜默。

然而你還是聽見山岩喊痛了。新中橫公路上，穿過雲霧直達鹿林的路間，被鑿開的岩壁裸裎著新創，肌膚上彷彿還汩汩流著血。你的腦海裡反覆纏繞著高中念過的地理名詞：火成岩、頁岩、砂岩、石灰岩……。多年後，它們終於走出地理課本，與你素面相見，卻是如此不堪。

更遠的是玉山北峰，在蜿蜒的山區公路間忽隱忽現，如果真有天堂，它就是登上天堂前的扇面屏風吧。仙人忘了題字，一失手竟墜落人間，雖未摔得心肺離散，卻也是稜稜角角，傲骨視人了。它是幸運的，公路尚未挖鑿到它身上，因此得以保有原始的肌膚與面貌，鮮血不必外流，你因而可以不必掩目。能定定地正視一座山，看它落落大方地在水氣雲影間嬉戲，眞是愈來愈不容易了。

你不知道下一個十年，或下一個二十年，所謂的玉山北峰是否還能以今日的清純樣貌與初來乍到的訪客相見，尋隱者的故事會不會就此終結，而更多的公路，就像八爪章魚一般，深入了每座高山的心與肺？

鳥鳴CD

抵達塔塔加前，你們已在滿山的濃霧中步行了兩個多小時。狹窄蜿蜒的小徑，因爲雨霧的緣故，變得十分溼滑，行走其間必須小心翼翼。半徑五公尺以外的距離，就什麼都看不到了。你們只能在茫茫中摸索前進，試著從叉路辨識正確的方向，看著霧氣凝成水晶珠簾，輕巧地垂掛在彼此的髮梢上。

成串的毛地黃在雲霧裡閃躲著身姿，紫的、白的，像搖曳出塵的風鈴，吹拂深山趕路者的心事。

多少前人，在相同的此刻想及自身與後人，龐大鬼魅的歷史遊走其中，忽而幻化成什麼都不是的山嵐雲影。是天地悠悠吧，入世出世原只在一瞬間。

而人又是多麼不願服輸的動物，雖然號稱萬物之靈，卻遠不及大自然靈性的萬分之一；從天地懷中竊取巧奪了一些，發現取之不盡，於是更加放心地豪奪起來，直到驚覺事態嚴重了，才急著謀求補救之道。錯在大自然的沉默包容嗎？人類即使不曾出現，天地也不會因此寂寞荒寒，果眞是造物者一時失手，揑造出這麼一對愚蠢的男女，從此世間擾攘，永無寧日。

遙想之間，塔塔加遊客中心已隱約現身山嵐之中，霧散去了不少，卻仍有紗絮般的游絲巡蕩，空氣冷冽地沁入了心肺。你望著中心頂上迎風擺首的旗幟，彷佛召告著群山與飛鳥：這兒，我們又征服了。

文明，眞的無所謂絕對吧。受寒的你飲著中心自動販賣機裡的薑母茶，欲裂的頭疼稍稍紓解了些。大廳的一角有人販售著CD，據說裡面全是鳥鳴和流水聲，是慰藉那些匆匆來此一遊，吸納了山中靈氣，又不得不黯然折返塵世的人嗎？

ＣＤ將被攜往各個角落，幽黯或者明亮的。在按下播音鍵的那一刻，便有無數啁啾的鳥鳴，隨著城市特有的污濁空氣，飛散至各色高樓的窗口，叩啄老是遲到的春天。

匣中的靈魂是被帶走了。只不知更大的匣子裡，午夜夢迴的人們，是否在乍聞天籟的那一瞬間，瞥見高飛遠去的身影，以及自己渴慕自由的心。

日安，月光

凌晨三點，你在晦澀的夢境中醒來。這一回，是爲了貪看日出。

●

從塔塔加一路下來，寒氣已不似高山上的冷凝溼重。阿里山其實就在玉山國家公園的左側，隔著神木溪與楠梓仙溪，與塔塔加遙遙相望。同樣是山雲的國度，阿里山顯然比玉山群峰多了點人間氣味。完善的步道與指標，現代化的旅社和賓館，整潔的國小校園，甚至在夜半時分依然香火繚繞的受鎮宮。

這一切，都得拜文明之賜吧。走在暗夜的步道上，四周有遲睡的蟲子寂寥唱和著，冷靜的松柏背著手肅立兩旁，不知在想些什麼。只有一彎乾淨的月牙尾隨你們，也要去看日出嗎？

寧靜的氣氛很快就被嘈雜的人聲打破了，你驚訝看著小火車站裡蜂擁擠動的人潮，月台上一波波悶濁的熱氣隨著體味汗味發散至各處，焦灼的眼神與肢體讓你想起電影《滾滾紅塵》裡的逃難場面。

怎麼會這樣呢？六月四日星期二，凌晨三點過四十分，這些人，背棄家裡舒適溫暖的被褥，千里迢迢趕赴山中，卻先目睹一場悲壯的浩劫餘生。這裡不是天安門，六四的記憶早已模糊成尷尬的歷史畫片。那麼，是爲了尋美而來嗎？理想與現實之間，人人都在牽曳著那條細細的絲繩，一不小心，就要粉身碎骨。

小火車在鼎沸的人聲中踉蹌駛進車站，所有人向前狂奔，試圖擠進可憐狹窄的車門。你們在驚險中相視苦笑，作夢也沒想到風雅的觀日出竟成了荒謬的逃難記。車廂裡的空氣不比月台上好多少，乘客或坐或站，多半閉上了雙眼，滿滿一車困倦的風景。四點三十分，你們終於疲憊步上了觀日的山頂，並不意外地，四周已是黑壓壓的人頭，各自緊握相機，佔據最好的拍攝角度，期待日出的那一刻永生不忘。

你們兩側各是一隊約三十人的旅行團，導遊舉著小旗子，賣力指點團員該從何種角度觀賞，並藉機推銷自己的風景明信片。更遠處有人用擴音器提醒遊客：「距離日出還剩下二十分鐘！口渴了可以到中央廣場試喝高山櫻花茶。特價優待！」穿梭人群中的，則是兜售太陽眼鏡的小販。他們高聲叫賣著，彷彿洪水滔滔奔流。

你幾乎想逃離此地了，那麼多的鼓譟和煩擾，爲何不安靜下來？爲何不……

猛一抬頭，卻見方才幽靜路上尾隨你們而來的月牙，高高默默地，俯瞰山頭。

她什麼都知道吧？卻只是沉默。

沉。默。

你低下頭來，看自己的心事倒映在雲海裡，緩緩消逝。這一切，都要過去的。百年後山頭簇擁的人群不過是一堆白骨，向習習的晚風訴涼，而月色還在，微笑依然。

輕若鴻羽的愛，也是她吧。人世縱或煩傷千愁，卻少有人不在與她照面的一刻心靜澄明。

月上天心。你默默念著，

雲海在眼前飄散成茫茫萬頃。

高原的夏天

一到客棧，我們上了二樓。

全用木頭打造的客棧，據說有上百年歷史了。腳踩在樓梯上，只聽到嘰啾嘰啾的聲響。Y讓我先選房間，我選了紫色的那個，門上畫了句號；她的那間則是藍色系，門上畫了驚嘆號。我想到阿里巴巴與四十大盜，高原上會有大盜嗎？

約好晚飯的時間，我們就各自回房打點休息。

整理了一下行李，把窗簾拉開，又把原本密閉的窗戶打開了，一股冷冽的空氣瞬間竄進屋內。畢竟是三千多公尺的高原，五月底了，還只有攝氏十度。聽說入夜後更冷，氣溫降到個位數，如果不開暖氣，根本無法入睡。

我怔怔坐在床沿，面對一整扇窗景，遠方勾勒出淡青的山線，柔和又帶著稜角，看起來應該有四、五千米。正是晚餐時分，左邊一樓的人家在廚房忙著烹煮，炊煙從她小小的煙囪升起來。視線移到前方菜園，一隻小黃狗端坐矮木條凳上看我。牠的腳很短，表情友善，像是對著我笑。一會兒另一隻小黃狗跑來找牠，「兩個人」就一前一後鑽到竹籬笆裡不見了。

我掉過頭來，欣賞一下木牆上的紋理。再望向菜園時，園裡多出一個年輕女子，面容姣好、輪廓深邃，正要把晾曬的被單取下來。我後來才知道她就是這客棧的管家拉姆。

隔日上午拉姆帶我們上大佛寺，看到全世界最大的轉經輪，我們三個人隨即插入轉經的隊伍中。天上下著小雨，灰雲奔跑，轉輪有些沉重。

約了司機都吉載我們到他家。下車後要走一小段泥巴路，因爲前夜下了雨，有些泥濘，還得小心避開沿路的豬屎和牛糞。進了門，右手邊就是馬廄，都吉的妻子已站在門口迎接我們。

上了閣樓，幾個人圍坐地上。都吉妻子開始烙餅，我們喝奶茶。

火苗吱吱響著，野花一樣的火。

高原的夏天就要來了。

離開

誰曾經說過：「有人在地球上旅行，走著走著，最後就消失了。」聽起來像個神話，她卻寧願相信它是眞的。能夠用消失的方式旅行，想來也是件愉快無比的事，從此再沒有任何人可以打擾自己。生命原來像一場定鏡長拍的夢境，只是這一回旅者也從自己的攝影機前出走，再不回來了。

她喜歡「游走」，這點可能和傳統的旅行有一些些不同。游走只是短暫的消失，也許知道自己消失了還會再回來，也許是根本沒有勇氣消失。總之她把自己置放在夢境邊緣的位置，隨時等著離開和重現。最典型的例子是她的職業，由於在報社擔任編輯，緊湊的新聞工作使她無法長時間消失不見，卻因爲下午兩、三點才上班的工作時段，使她有機會在業餘的時間，滿足自己成爲「隱形人」的癖好。

隱形的嗜好也讓她在許多意想不到的狀況下，順便帶回一些寫作素材；

或者成為別的酵母，發酵出奇形怪狀的麵包，她把它們都收藏在閣樓或地窖裡，依著四時節令製作冰涼的酸梅湯或鬆軟的棉花枕。適合尋寶的地圖在她腦海裡有個小小的樟木箱，防蛀，不過不上鎖，以便隨時取出瀏覽。

離報社近的，大抵適於短程失蹤，可以盡興也可以在極短時間內重現，心裡有著暫時拋卻打躬作揖的暢快，卻不會有「待會回不去」的苦惱。

路線可以從那家果菜汁小舖開始，千奇百怪的水果蔬菜們，等著牽手起舞，調成彩虹的親戚，在滑入客人的食道前接受讚美。繽紛的四壁與隨風叮噹的紙片，讓她有置身花園的錯覺。那樣的氛圍屬於夏天，童話的夏天。

過了夏天，她會在轉角的香水小舖稍作停留，薰衣草的、森林松苔的、麝香、百花……，精緻宛如秋日的水晶女郎，在纖塵不染的鏡桌前，細細道著各種香水精靈的故事。空氣裡飄浮著生命的色澤與氣味，如果靈魂此刻在松樹下的石板睡著了，別喚醒它吧。

書屋就在香水小舖的對面，二層樓有著大大的透明天窗，斜陽照進窗內時可以來杯咖啡，讓音樂隨著歲月的影子游移。攤開的書本裡有隱者的流泉，也有智者的爐火，是不是冬天不要緊，書屋裡的書可以任意取暖，打瞌睡時可別撞到正在夢遊的咖啡壺。

春天理所當然地屬於自助旅行，她和大廈管理員打聲招呼，就可以走進隱身六樓的旅行者小屋，靠木門近的那扇牆上貼著旅人的行程表，從哥本哈根到蘇門答臘只要五分鐘。影印機裡放送著熱帶島嶼的氣息，書櫃裡整整齊齊站著寶藍的澳洲、墨綠的牙買加、落日橙的威尼斯，如果出門前來不及帶走西雅圖的蘋果花香，下回就自己帶一束墨西哥的野玫瑰吧。

小巷裡的驚奇通常不分四季：小莒會做服裝設計，也燒得一手好松子雞，白瓷乾淨的地板上有一張百歲的老椅子；姑姑筵的那架骨董電話可以和小莒結成親家，頹廢的克林姆站在牆壁上，等著說出末世的宣言；溫和的阿含只把花布木椅擺出來，菊花茶和七巧飯讓祖母的胃溫暖起來，燒陶棉布、酒甕瓦罐，好好地擱在自己的格子裡；她帶回過一個淺底淡青的陶碗，裝著從蘭嶼和墾丁拾回來的星星。

雞蛋花和夜來香開在另一條巷子裡，和式庭園與飄香的廚房藏著她童年的祕密，一路她數著，打開那個樟木箱：高屏溪旁的椰風、湄公河邊的阿普、沖繩的奇異果海岸線、阿姆斯特丹的船鞋叮咚叮咚、不落霧的倫敦貓咪躡足輕輕走，轉一個彎塞納河和曼哈頓的燈花就要吹散……

轉一個彎，她在地球上走著走著，畢竟沒有消失。從近的夢到遠的夢，生命的攝影機裡她拍攝著消失與再現的主題，在大河的邊緣記憶與遺忘。

冬日記憶

1.

她有一隻相思鳥，因爲極度思念遠方的緣故，在籠內衝衝撞撞，撞斷了尾巴，從此再沒有長出來過。

斷了尾巴的相思鳥，變成一團棕黑色的線球，和一柄豔紅犀利的喙子，每日清晨聽到狐疑的呼喚。

相思唯一的樂趣是洗澡，每天她都爲牠換上一小瓢自來水。相思在換水時也極不合作，橫豎想把剩下的棕黑身體也撞散。換完水後，卻又吹著口哨洗澡去了，不論多冷的天氣。

相思是個彈高飛低的布爾喬亞。

她最後一次看見牠是在一個寒流過去的午後，牠倒在籠子邊緣，僵直的腳爪不再跳動。

「音樂呢？音樂呢？」她聽見隔鄰老人喃喃念著。

她返身關上窗子，窗外迷濛的遠山。

2.

「夜晚高大的樓房，人在下面跑著，很小很小的影子。」收音機裡那人的聲音流過，逐漸溢滿桌巾。她讓聲音沾上桌布的花紋，溶成橘色水滴，答答的的。

爐火已經生起很久了，橙亮的火星畢畢力力雀躍著，有些跑出爐外，躺在櫸木的地板上沉思。

她突然想起很年輕的時候，有一回聖誕夜在歐洲，室友們起鬨玩一種「木偶人」的遊戲。要她在許多小木偶中挑出一個，然後閉上眼，開始與小人對話。

小人的形貌開始幻化，擴張，融入她的思維。她把前世所有的記憶都召喚前來，讓小人聽完，帶走，再也不回頭。

一直都是這樣的。多年後她在另一個冰寒的世界裡，想起那晚熊熊熱烈的爐火，詭異的氣氛更像一場前世遊戲。

薩克斯風慵懶地吹過。夢裡她前往溫度灼人的某地，帶著一只大皮箱，皮箱裡不斷落下樂器：一只鈴鼓，一個鈸，一架缺了黑鍵的鋼琴，還有一本輪迴指南。

3.

後來她醒了。在早晨的浴室裡發現自己的右眼變成單眼皮，可憐地垂掛在眼睛上方。也因爲變成單眼皮，使她的眼神看來溫和許多。

是 Magritte 的眼睛呢。

那是她非常喜愛的畫家，老是把眼睛放在不該放的地方。一次是把雲朵放進眼睛裡，讓天空在巨大的眼裡漂流；另一次又把安靜發亮的瞳孔放到薄薄燻肉裡，悄悄注視畫外的一舉一動。

她欣賞這樣不露痕跡的幽默。像生命中即將傾斜，又適時停駐的醇酒。

「在夢裡，我們嗅到天空芳香的氣味……」

她在筆記本裡匆匆寫上歪斜的一句話，彷彿那隻在天空游走的眼睛，暗暗變成一面神祕的鏡子。

那幅畫叫做「The False Mirror」。

4.

那個下午，雲朵果然愈聚愈多。

她在寂靜的巷道裡發現一大群狗，總共有十來隻，像在開會。什麼顏色的都有。

她轉頭邊走邊看。過一會兒，她走到更寬一點的路上時，那群狗的會也開完了。一大群前前後後簇擁著，彷彿由其中一隻大老率領，在靜默的午後向前奔去。有兩隻腳還有點跛。

這時候，馬路是被牠們佔領了，她想到「狐群狗黨」四個字。

大雨在兩秒鐘之後劈劈啪啪打了下來，把那群狗打散了，還有她，手中的晚報。

電子花車在雨中飛馳而過，俗豔的音域與脫衣舞孃一同款擺身姿，過氣的傷悲。

5.

因爲好奇，她去看了爲兒童製作的《神奇玩具屋》。她從來不知道音樂廳可以變成這樣。

中場休息時，她去上廁所，排在一大群小朋友中間，彷彿闖入了兒童國，像那個午後被一群狗包圍的況味。在這裡，她同樣是孤立無援的。

矗立在一群銀鈴中間，她成了一株高大又難堪的老樹，舉著自己的胳膊，困難呼吸。

「飛翔，最高的極至是死亡。」她的腦海突然掠過一句無關緊要的話。

小朋友們嚮往飛翔嗎？她低頭看著矮矮的她們。有一天她們會長高，可能比她還高。

那又怎樣？那是一句廣告詞。

小朋友將來也會學到很多廣告詞，然後重複不斷地使用，直到她們忽然也學會了飛翔。

看到快樂，顫抖，面具和死。

6.

那個晚上，她夢見整座島嶼變成火紅的鶴鳥，振著羽翅，向天邊飛去，滿天的雲朵燃燒起來，像舞孃狂亂的裙裾。她驚詫地看著天地在瞬間幻化成灰。

那是上帝之血，只在夢中滴淌，讓龐大的血之海洋飛升成風，成整個宇宙蒸騰的血脈，升高，再升高，終至如淚如雨。

7.

「慢慢火化了，成為火焰上焦黑的一雙腳。慢慢成灰了，落入恆河，成為恆河裡的一抹沙……」

她在恆河上方走著，用赤裸的一雙腳。手中的收音機還在喃喃。她越過換日線，把主持人的音容一起帶到南方烈日下的城市。有煙蒸騰，幻化如霧。死亡可以如此親近，近得像腳下的沙，刺癢，但無害。烈日下她看著拋灑骨灰的儀式，流水把它們帶走，去向未知的汪洋。

這是冬天，溫暖無比。

╲夏日寓言

番茄汁

上午九點三十分，她在小小旅館裡，喝猩紅的番茄汁。七點二級的神戶大地震剛剛發生，死傷近萬人，還有更多人正走向終結。

她訪問的人剛剛才離開，趕著赴另一個約會，那個長得像澳洲無尾熊的男人。他說話匆促急速的語調讓她無法確定他究竟是不是專家？方才他侃侃而談的◯◯學，像七級地震，完全不是那麼回事。

現在餐廳裡只剩下她和另一桌日本女人，低聲切著培根火腿，不熟的荷包蛋，廚房裡傳來熟練的三字經。

那個澳洲無尾熊早走遠了，她只訪問了他五分鐘，卻花了一個小時的車程，來到這陌生的城市另一端。現在她一個人切著火腿蛋，聽著剛才的錄音，覺得荒謬。收音機裡流瀉著真正的輕音樂，慵懶的男聲。

餘震仍未停止……

菌絲

他聽見他開始不知所以然地重複自己。重複襪子的顏色，手錶的指針，領帶的形式，襯衫的鈕釦，以及一切應該和不應該重複的。

他拿起他的手提箱，假裝出走。裡面裝了優酪乳、草莓和一瓶蘇打水。他關了瓦斯，把唱片放在B面第三首，燈開在60％的亮度，拉上窗簾，留下縫隙得以呼吸。然後他踏過木質地板，裡面有一些小小的蟲子和菌絲，抬頭狐疑地望著他，懷疑他的決心。

他終於返身鎖門的時候，卻發現找不著鑰匙，那把他用了五年，朋友嘲笑他像古堡般銅灰色的鑰匙。他翻遍了箱子，把優酪乳、草莓和一瓶蘇打水都倒出來，裡面什麼都沒有。

影子。

他跌坐地上，發現一把鎖匙的痕跡，烙印在玄關。那，只是一把鎖匙的

九重葛

對面樓房那男人從爬滿九重葛的房間裡探出頭來，她嚇了一跳，仔細看，才發現他並沒有伸出頭，只是在專心釘著冷氣機口的框子。那個拆了冷氣機的缺口，剛好容得下他的腦袋，使他看來像被圈在一個電視機的螢幕中。他的神情是那樣的專注，以至於她覺得是在窺視他。遠遠的，像是一則被夏天包圍的祕密。

她想起就在方框男人的頭頂上，兩年前一名老人才在那裡上吊自殺。那天早上她同樣拉開窗簾，穿過茂綠的九重葛，看見他一動也不動的奇特背影。又過了半小時，老人的背影依舊不曾移動。再過十分鐘，她聽見急促尖銳的救護車聲劃空而來，一群人衝上去，解下他，老人早已先走了。

她這才看清楚，老人的腹部還插著一把利刃，大概怕自己死不了，又補上一刀。她在對面駭然看著這樣的場景，沒有人知道。

好久好久以後，老人死去的樓頂上不再有人影，他的家人們似乎都落荒而逃了。只有那透明玻璃屋裡的燈泡還亮著，像幽幽的鬼魅。

再過了好久好久以後，聽說那家人把頂樓賣出去了，她只要拉開窗簾，穿過茂密的九重葛，就可以看到藍色招牌上大大的幾個字：「財團法人愛◯文教基金會」。

味道

她其實討厭這個地方，每天早晨六點鐘，刺鼻的鹽酥雞辣椒味一定會從窗外鑽進來。不論她同不同意，把還在床上的她嗆得涕泗縱橫。那味道準時得像鬧鐘，時間一到就催促她翻身下床，逃離那恐怖的情境。

熟悉的味道不只一種，樓下還有一家電燒豬腳的，每天從早到午都要燒好幾大盆，那種燒焦的味道讓她想到焚屍坑儒。她曾經探頭下去看過，一隻隻白花花的截肢的腳，簇擁在圓圓的鋁盆裡，相互取暖。生意好的時候，豬腳可以一直燒到下午。她聽著吱吱的電鑽聲，忍受頭皮發麻的感覺，想到排列整齊的牙醫診所。

神壇的香爐也老實不客氣，從早到晚香火鼎盛。那些香客，她從未看清他們的臉。只有大量濃煙循著一定途徑，在她心情稍稍愉悅時拜訪她。

氣味還有許許多多種，在她小小的蝸居裡，其實族繁不及備載：隔壁的抽風口，每晚排放濃濃煙硝；浴室裡不知從哪竄出來的二手菸味，她暗自揣測是三樓的那位G先生，每回她在樓梯間遇到他，蠟黃的臉上總爬滿倦意，焦褐的手指夾著菸，隨著窒悶的空氣一起飄浮。他們從來不打招呼，像這城市裡無數標準的公寓族。

公寓族的味道在出了巷口後，就成了城市的味道。她經常佇立在路口，等著攔下一輛計程車。在那之前，她必定已飽足了各種味道。

那麼粗暴，而且理所當然。

「小姐，要玉蘭花還是口香糖？」那個既不殘也不跛的大男人，硬要推銷其中一種味道給她。她思索著，在短暫的三秒鐘內拒絕了。

更多的味道，在她關上車門的那一刻，像蜂群般追了過來，佔滿車窗。

不是蜂蜜的味道。但據說，這城市的夏天，充滿甜味。

魔術師的旅行箱

1.

故事一開始是這樣的：魔術師有一個旅行箱，當它立起來的時候，就變成一個電話亭。魔術師常常在裡面，打電話給童年的自己，但他老是聽不太清楚。後來他帶著這個旅行箱，走過溪流，遇見一把傘，一條毯子（他以爲是魔毯），他坐上去，但飛不起來。

於是他捲起毯子，撐著那把傘，沿途流浪。偶爾他在熱鬧的夜市變魔術，觀衆給他稀落的掌聲，他總覺得寂寞。有一天，觀衆群裡站著一個眼睛像星星的女孩，她專注地看他表演每個項目，輕輕地鼓掌……

後來呢？小外甥問她。她其實也在想，後來該怎樣？每天吵著要看《龍貓》的小外甥，對她虛構的魔術師顯然也感興趣，寒假一開始就跟在她後面，要聽故事。不過他還小，小到只能進幼稚園裡唱遊。她把他當魔術師，因爲他會變很多把戲，但他又很正經，常常會提醒大人，上班要遲到了。

她寧願相信，小魔術師是對的。人都需要上班，以避免有人太無聊而殺人或自殺；上班可以磨蝕大部分的精力，回家後就不太有精神和家人吵架或打架；上班可以養成馴服的好習慣，練習說一切其實不想說的話；上班還可以……

要遲到了！小魔術師把她推出門。

她寧願小魔術師永遠不會長大，繼續變他的把戲，變出什麼都好。

2.

故事一直結束不了。小魔術師老是在問：後來怎樣了？她不很專心地想了幾種結局，卻發現魔術、旅行、愛情三者，有著莫名的曖昧關係。三者都需要創造力，然而創造到了極至不免重複（少數天才例外），於是坊間大量的旅遊指南、愛情指南扮演起占卜者的角色，讓航行於暗夜的大眾以爲自己不會傾覆（魔術指南倒是少有，恐怕現代人已爲瑣事耗盡心力，沒空再鑽研頭疼又不實際的雕蟲小技）。

讓熱衷於旅遊與愛情的族群，在一次又一次的探險中發現了自己（或失去了自己），各式答案像沙漏裡的沙子，匆匆流向瓶子的底部，只要翻轉過來，又向另一頭刷刷而去。只有時間，站在沙漏細細的頸子上，神祕且微笑地看著一切。

你以爲你發現了眞實嗎？只有在相信之後，才有所謂的眞實。多年前一名小說家這麼說過。而她確實以爲，當一隻純潔美善的和平鴿自魔術師的袖口飛出來，且終於得到牠的自由時，你最好相信它是眞的。

穿紫色衣服的鬥魚

同事L養了一隻鬥魚，穿紫色的衣服，長長的裙裾在水裡飄擺，一副皇族的架勢。但鬥魚很久沒跟別人鬥了，神情有些落寞。

每天L都灑下二十幾顆飼料，它們像綠色星球一樣，飄浮環繞在鬥魚四周。鬥魚住的房子很深，過去是用來插玫瑰的花瓶，現在瓶子裡什麼也沒有了，無聊的飼料和無聊的鬥魚一起在花瓶裡轉來轉去。

有一天我終於好奇地捧起花瓶，眼睛湊近瓶口，從上面俯視鬥魚。牠懶懶地游到水面，眼珠翻上來看我，那表情似乎帶著不屑。牠只看了我一眼，便擺擺裙裾，回到花瓶深處。可憐的牠即使潛入瓶底，仍被瓶外的一雙眼窺探著，毫無隱私。

鬥魚顯然知道這一點，在牠不斷轉圈的時候，總會像鐘擺一樣，固定轉到我眼前。不過牠已對我失去興趣，只有在紫色衣裙撩動水波時，我才能感受到冷冽之外的一點柔軟。

前陣子L出國半個月，鬥魚也失蹤了半個月。L回來時，我又看到好久不見的鬥魚。只是瓶裡的水變得很混濁，鬥魚在裡面呆呆的，不再優雅款擺。我想牠這半個月來究竟去了哪裡？幾次想問L，卻因事忙，一轉眼就忘了。

也許一隻鬥魚，眞的不怎麼重要吧。L比較關心的是，最近內部人事鬥爭，他自己不知將被調往何方？而一隻鬥魚，除非回到河流，是無所謂異不異動的。

尊者

我養了一隻小烏龜，因爲不喜歡動，背上長滿青苔。

一年多前我在市場看到牠和同伴，一起帶了回來。

說實在的，那時盆子裡滿滿的綠色小烏龜，我根本無法分辨哪隻有什麼不同？小販很熱心：「我來幫你，挑一隻最棒的！」我看他伸手一抓就是兩隻，丟進透明袋子裡，容不得我辯解。「養兩隻好啦！作伴。」小販理直氣壯地說。

我把兩隻烏龜養在淺碟型的花器裡，倒一點水，放一塊鵝卵石，牠們會輪流爬上去曬太陽。

其中一隻不久就死了，我心中暗暗怨怪那小販，又擔心另一隻不久後也將性命難保。

死了同伴的烏龜似乎一點也不哀傷，每天吃完飼料就爬上石頭休息，一睡就是好久。有時我試著朝牠眼皮吹氣，以證明牠不是死了。被我弄得不耐煩了，牠也會把眼皮打開一下，露出墨綠色的小眼睛，隨即又闔上眼皮，閉目養神不再理會我。

我愈來愈覺得牠像一名莫測高深的尊者，不動如山，世事與牠何干？也不知從什麼時候起，牠的背上開始長出青苔，彷彿雨後的草地，柔柔生輝。烏龜揹著青苔，照樣每天曬太陽，有時舉起右腳，像芭蕾舞者。當然，仍是閉著眼的。

朋友來家裡玩，看見尊者頗爲驚訝：「啊，長這麼大了。」我努力回想市場中的一幕，眞的，那些小烏龜都只有食指大小。現在尊者有半個巴掌大了。

我和朋友在尊者的旁邊聊天，講到最近的病死豬和毒蔬菜。朋友嘆一口氣，竟然吹縐了尊者身旁的水波，我看著小小的漣漪，和依然平靜閉目的尊者。不知怎麼，突然想起那隻不斷轉圈的鬥魚。

綠繡眼

之一

出門兩三天，回來發現頂樓垂下的九重葛枝條裡，不知何時多了個小物，我在客廳裡透過紗窗看見時，原本還以爲是一團枯葉，然而它陀螺般上圓下尖的形狀，讓我知道這是個巢。編織得十分細密精巧，大概跟拳頭差不多大。比手工藝品店賣的藤籃子還好，而且更野味。前陣子梅雨季節，大雨下到週二才暫歇，十天下來，……，顯然牠是在大雨後才蓋的房子，而且只花了兩天不到的時間。牠去哪裡找來的材料？而且速度這麼快，工夫這麼好。很遺憾這兩天我剛好不在家，沒能親眼目睹牠蓋房子的過程。

主人大概吃晚餐去了吧？直到天黑了還沒看見牠回來。

一天終於止息，我在初夏沁涼的晚風中漸漸進入夢鄉，邊想著，明天應該就能看到這小主人了。

●

上午十一點二十八分，陽台上有細細的絲弦彈奏著，牠回來了？我躡足走到窗前，從窗簾之間望出去，果然是隻小綠繡眼。嘴裡叼著小蟲，在陽台欄杆上小憩了一會兒，隨即躍入巢中，享用午餐。午餐吃完了，又抬頭環視新居，在密綠的九重葛裡，有著初夏的薰風和陽光，牠似乎很滿意這一切。

牠眞的很小，整個藏身巢中，只露出小小的臉蛋和畫了一圈白眼線的大眼睛。我躲在落地窗後，只伸出個頭來，一邊吹著口哨，吸引牠的注意。牠好奇地圓睜著眼，微張小嘴，左顧右盼。一定是在想，這隻鳥的叫聲怎麼這麼奇怪吧？久了之後，我試著打開紗門，直接站到陽台上看牠，牠居然也不怕，一個人坐在搖籃裡，隨著微風晃動。

牠最常抬頭望天，半晌不動，彷彿在沉思。鳥會沉思嗎？我不知道，但牠肯定是隻離群索居又聰明的鳥。有時一大群麻雀呼嘯飛過，驚擾了整片九重葛，我卻見牠氣定神閒地穩坐巢中，紋風不動，依然是仰頭望天的姿態。好一個哲學家。

我想牠一個人在外面覓食太辛苦（哪裡去找那麼多小蟲呢），於是把餵家裡小鸚鵡的食物分一些，裝在瓷碟裡，外加一個小浴缸，看牠會不會來享用一番。牠顯然不領我的情，依然日日出外覓食，只在中午時回來小憩一會兒。比起家裡那幾隻好逸惡勞的鸚鵡，牠眞是勤奮多了。

家裡的貓咪終於發現陽台上的不速之客，憤怒又驚恐地甩著尾巴匍匐前進，「ㄚ——ㄍㄚˊ ㄍㄚˊ ㄍㄚˊ」「ㄚ——ㄍㄚˊ ㄍㄚˊ ㄍㄚˊ」，我從來不知道貓可以發出這種聲音，一面大笑，一邊趕在貓前面把落地窗關上。曾經有飛撲上籃，打掉兩個鳥籠紀錄的牠，還是別讓牠打破紗門才好。

只有一次麻雀鬧得太過分了，居然想衝進綠繡眼的巢。綠繡眼起身抗敵，保衛自己的家。麻雀們嬉笑一陣，狂風一樣又飛遠了。

之二

綠繡眼妹妹消失之後，陽台上她的家空了好久。發現另一對綠繡眼夫婦搬進來，已經是好幾年後的夏天了。我曾爲這一家子寫了日誌。

七月七日

今天第一次綠繡眼爸媽同時出現，之前都是媽媽一個人在照顧。早上七點，下午三點各餵一次。共有三隻小鳥，眼睛已張開。肉是紅色的，沒有毛。

在這兩個時段，平均每幾分鐘鳥爸媽就啣來一隻小蟲。我很懷疑牠們去哪找那麼多的蟲子？鳥媽有一次還啣了一隻蒼蠅回來，那隻蒼蠅不斷想掙脫，最後還是被鳥媽帶回巢裡。小的一口就吞下去。鳥媽眼神十分疲憊，看起來累壞了。

七月八日

鳥媽今晨站在籃子上看著籃裡的三隻小鳥，看了很久，神情專注。像慈母一樣的眼神令我感動。果然萬物皆有靈性，鳥媽愛子女的心和人母一樣，沒有任何不同。

公鳥也是有靈性的，並沒有逃避養育子女的責任。下午我看見鳥爸和鳥媽一起站在籃子上，凝視籃裡的小孩。不久之後，烏爸烏媽又開始忙碌起來，一樣每隔幾分鐘啣來一隻小蟲，非常辛苦。三隻小鳥總是一口吞下去，彷彿三個無底洞。哪裡去找那麼多蟲子呢？我還是懷疑著。

其中一次，我注意看了一下，烏媽嘴裡叼的蟲子短胖而呈橢圓狀，乍看之下像蛆，但蛆應該是白色的。烏媽嘴裡的接近棕黑色，到底是什麼蟲呢？明明看見烏媽昨天叼著一隻蒼蠅，如果今天叼來的是蛆也就不奇怪了。

七月十日

長最快的老大，今晨七點已站在烏巢旁的枝子上了。烏媽來餵牠，牠又是一口吞下蟲子，同時拉一坨屎，陽台地板上的那一小區都是烏糞，可見老大站在那枝上起碼幾小時了。

七點，八點，九點，十點。

十一點，老大伸展羽翼，奮力拍擊著天空，頭也不回地飛走了。鮮嫩毛羽映照在藍天裡。

七月十一日

最後的，也是最弱的那一隻。鳥媽上午八點還來餵牠吃過兩次。牠應該是準備要飛了，但鳥羽顯然尚未長全。不像強壯的老大羽毛豐滿，一試飛便成功。牠搖搖晃晃站上枝子，好幾次都驚險地差點摔下來。鳥媽一直守在一旁，鳥爸好久之後才現身。

弱鳥終於拍翅要起飛了，鳥媽焦慮地繞著幼孩飛上飛下，一邊放聲呼叫，十分緊張。

十一點十三分，弱鳥振翅飛向天空，瞬間就遠了。

從紅肉無毛到全部離家，不過四、五天的時間。

鳥爸鳥媽不久後也消失無蹤。一切又恢復了寂靜。

•

五口之家後，再也沒有誰住進綠繡眼妹妹的房子。有時我在陽台上澆花，抬頭就看見那空蕩的老屋，算算竟已超過十年了。

╲遺失一尾熱帶魚

1.

村上春樹說：「與柳樹共眠的女子，風吹來時肌膚感到些微的刺痛，她靜靜聽著種子刮過地表的聲音，俯看埋葬地球的顏色。」以上文字全憑記憶，而你相信，百分之七十以上你是記錯的。

記憶原本是一種欺惘。就如同你可以把「與柳樹共眠的某女子」換成「與芒果共眠的某果農」、「與鈔票共眠的某奸商」、「與假象共眠的某總統」，或者僅僅是「與熱帶魚共眠的某國三男生」。

2.

試片室裡的人顯然都不夠年輕，對於一個國三小男生與一隻熱帶魚的荒謬故事，只能從各人痛楚或不痛楚的記憶裡去尋索。藤條舉起又落下的聲音，靜靜迴盪在冷氣充足的房間裡，你坐在最後一排，完全看不見前面的人有什麼表情。小男生挨了老師的打，卻幻想自己有雙鐵甲金剛的手，什麼都不怕，但他還是被打了，而且痛得不得了，噙著眼淚回到座位。

那樣的畫面其實有許多牽動，像懸絲傀儡後隱身的那個人，隨意拋下一些線索，等著收取觀眾的情緒，有時甚至是不懷好意的。情緒和記憶一樣不太可靠，除非你有十足把握。

那麼夢是不是比較可靠些？

國三小男生的夢很奇怪。他說：「有一種魚，住在很深很深的海裡，專吃小孩子的夢，等牠吃了九千九百九十九個夢以後，就會變成魚精，黎明時飛出海面……」後來呢？你確實不記得他又說了些什麼。這段台詞他說得有些生硬，顯然他並沒有眞正看過吃夢的魚。

3.

吃夢的魚終究沒有出現，小男生卻被綁架了。觀眾開始笑了起來，而且樂不可支，原因是綁架的情節太過好笑，完全不是那麼回事。

綁架的情節該是什麼樣子？每天被許多灰塵糾纏的你，經過擁擠得令人再也受不了的忠孝東路四段，其實和被綁架沒什麼不同。你從那些髒污的（大部分是戴了隱形眼鏡的）眸子後面，看不清楚靈魂究竟躲在哪裡？

你突然想起峇里島人說過的：死亡是重返靈界的歡愉之旅。你不確定這些擁擠得像互相綁架的人，是不是正進行一場迫近死亡的歡快之旅？至少表面看來，你只見到大量塵埃，廢雪般地跳著黑暗之舞。

4.

那麼你會不會絕望？坐在黑暗中的你，想像著另一段愉悅旅程。影片仍在進行著，悲哀中交雜快樂的氣息，散播在小小空間裡。

也像某夜凌晨兩點，你撞見那名大樓管理員的側臉，彷彿看見死亡的凌遲。坐在青灰燈光下的他，像一尾被禁錮的瀕臨死亡的熱帶魚。

你匆匆逃離那幢水族箱般的大廈，在街角攔下一輛無線電計程車，司機轉頭瞪著一雙凸凸的金魚眼，說：「你好，天就快要亮了，去公園晨跑嗎？」

5.

天就快要亮了。你從來不曾懷疑這句話，天總是會亮的。

就像你在某大樓上班的那幾年，常常天微明才從電梯裡走出來，櫃台人員有禮地和你打招呼：「這麼早就來上班啊！」你微笑地回禮，說：「我才要回去。」

你把一頭霧水的他丟在腦後，走到打卡機前把卡重重地打下去，像打進一根釘子，經過旋轉門時遇見眞正晨跑回來的總經理。天，總是會亮的。

6.

國三小男生被綁架到嘉義的鄉下，那裡老是淹水，不管天亮不亮。夜晚時波光瀲豔，一家人就坐在詩情畫意的水面上吃飯，端菜的人涉水而過，你想都想不到的荒謬，可是眞美。

眞實的水裡可能有吸血的蛭蟲，浸泡過久而發白起皺甚至潰爛的許多雙腳，它們安靜聽主人的抱怨、頂嘴、發笑、哭泣，然後熄燈，夢裡有長長的黑夜，夢醒是長長的白天。

有一天端菜的人在水裡發現一尾熱帶魚，豔黃的。她小心翼翼把牠裝進罐子裡。她想著自己也許就是那隻魚，牠想著自己何時能再見大海一面？

7.

吵吵鬧鬧的一家人終於良心發現要放小男生回他的大海。端菜小女生趕在小男生臨走前把罐裝的熱帶魚交到他手上，小男生坐在開往台北的警車上回望高速公路旁瘦弱的她逐漸消失在視野之外。影片終於有了一點悲傷氣氛。

冗長而不斷句的敍述，不會悲傷，但的確令人厭煩。你在記憶的大海裡搜尋忘了斷句的部分，發現它們早已被剪輯過了，重新安放在恰當的位置，乖巧本份，從此不再惹人厭煩。

8.

那尾豔黃熱帶魚後來飛行在台北東區的藍天上，少見的如海碧空，颱風將臨前的那種氣味。所有行人都看到那尾很大很大的電腦合成魚。你坐在澄黃的無線電計程車裡，抬頭注視眼前的一幕。那尾優雅快樂的魚，顯然不用鰓呼吸，魚鱗不再脫落，牠只是漂浮，頭也不回地，向前漂流。再過去就是太平洋了，你希望牠不會有護照的問題。

記憶原本是一種欺惘……

卷二

召夢者

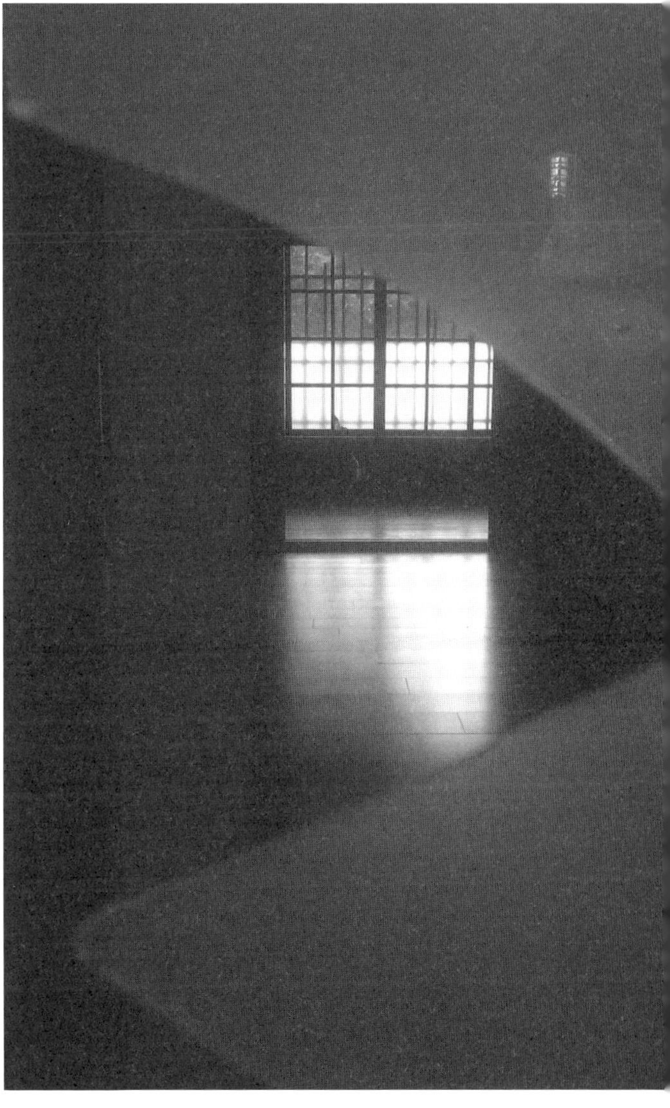

╲彼岸

這是一個適合尋找幻覺的城市。持續下沉的城垛，只有夜間才會浮出水面。她手握方向盤，在流動的夜色裡向前方駛去。墨黑的公路盡頭，夢像一頭獸盤踞著。

十二月的晚風，分明是一匹布，在撕裂時發現出口。

她慣常在此刻抵達邊緣，沒有明確目標，只是沿著清寂的公路，讓輝煌的燈火愈來愈遠。

夜裡適合與這城市和解，在距離與方向的錯覺中，一切都可以是過去式，從飛逝的流光中遁身遠颺。

許多感覺都遠了，曾經障蔽刺痛的砂，也變成風中無所謂的細塵。

過了橋就是八里，沿途多的是廢棄的屋子，站在夜霧裡像沉默的老人，洞開的眼睛，合不上的耳。

被城市拋擲的聲音，收納在衆多衰老的夢裡。

她，一個召夢者，召喚記憶、心跳，以及模糊難測的未來。躡足走過的，除了光陰，還有未及實現的允諾。在車速漸慢，回音龐大的街心，與她擦身而過。

河水一直流著，穿過城與城的缺口。

在入海的河口處，她發現了那座流動市集。一座夜的遊樂場。她在入口處遲疑了一會兒，才看見童年的、羞澀的自己，站在相同的位置，向前張望。

曾經以爲遙遠迷離的人生，忽然就過去了。

坐過的旋轉木馬，還在夜裡寂寥地轉著。

幻覺。攙和著整個城市的記憶。

被遺忘吞噬……

╲致一九七七

冬日的黃昏，天黑得特別早。同學們結伴走路的，騎單車的，一個個走遠了。冷風穿過她的髮，她心中反覆響起了一首歌：「當我走在淒清的路上，天空正飄著濛濛細雨。在這寂寞黯淡的暮色裡，想起我們相別在雨中……」。她沒有立刻去搭客運，反而往小巷的方向走。44號，曾經燈火輝煌的家，現在像個空寂黯淡的老人，默默站在黑暗裡。她打開半掩的大門，穿過靜極的庭院，竹林在雨夜裡有一種奇異的美。圍牆上忽然閃過一道身影。

「小黃！」她驚喜地喚牠。是那隻養了五年的貓咪。匆促搬家時，牠堅決不肯上車，抓傷了母親的手臂後，翻牆走了。那時她在學校上課，沒看到這一幕。沒想到牠居然還在這裡。這麼多天來，牠都在這空蕩的院落裡嗎？有飯吃嗎？有人跟牠說話嗎？

小黃停下腳步，回頭看她。她又叫了牠一次：「小黃！」這次牠認出她來了，定定看著她，美麗的琥珀色眼睛閃爍光芒。在高高的牆垣上像一尊神祇。許久許久之後，牠掉轉頭繼續前行，在牆垣盡頭縱身一躍，沒入了黑夜。

她離開「家」，關上不必再關的大門，走了二十分鐘到客運站，一個小時後，她回到舅舅舅媽的租屋處，在那日式兩坪大的小房間裡，寫下一首詩。

小黃早就死了，或許再度投身輪迴之海。但牠永遠不會知道，牠如何成爲一則詩的隱喻，在一個永不重逢的冬夜裡。

兩年後，美麗島事件爆發。軍法大審。

一直要到這麼多年過去，政黨輪替再輪替，依然風雨不斷（陳映眞所謂換湯不換藥）的這個島上，隔著遙遠的時空望回去，她才恍然明白，小黃的離去是一則更大的隱喻。

那不只是一隻貓的出走，更是一個時代的斷裂，必然的斷裂。翻天覆地而來的洪流。

／月牙

從緩慢衰老的肉體裡，你模糊地找到光陰，光陰張口咬噬的印痕，一個月牙的印子，像微笑的表情。

那時候，你坐在記者席裡，想著該如何寫下第一篇新聞稿，你看著前面的攝影記者橫衝直撞，驚險地從左邊奔到右側，在人群裡奮不顧身。那一刻，你以爲再也回不去文學了。

你害怕在驚濤駭浪的新聞工作裡，會如此輕易地把文學忘記，那個緩慢轉動，卻令人深深著迷的世界。曾經你以爲它是此生唯一的意義，卻可以在現實的折迫裡，倉皇且狼狽地遁逃無蹤。你害怕再也寫不出那樣純淨澄澈的世界。

一如你去訪問的那個歌手，整整遲到一個半小時，然後告訴你，他塞在這個擁擠又骯髒的城市裡，動彈不得。你看著他像老鷹一樣的眼睛，不知道他是否在說謊。窗外，正有一隻迷途的麻雀飛過。

這個城市已然有太多謊言，包括此刻你在這木質的桌上寫字，上面有前任訪客遺留的甜言或粗語。服務生低聲念著三字經，不耐地把湯匙叉子丟到每張桌上。黃昏之後，另一波食客將會湧入，啃噬自己的胃酸和唾液，把最美的風景留在窗外，那個歌手宣稱再也不愛的城市。

你繼續在布滿煙塵的角落採訪，偶爾彈掉身上的塵埃，那些都不太重要，沒有什麼是重要的，你愈來愈清楚地知道（或者愈來愈不清楚）。入夜之後，你走進那座高高的拱門，許多人流進流出，帶著同樣的筆電，和不知能否說謊的心情。

你不免又想起那個歌手，在月亮升起或遮蔽的晚上，輾轉思索自己的未來。他也曾告訴你，音樂是他的生命，然後補上一句，他愈來愈懷疑自己在說謊。

大眾不見得就是媚俗，有人這麼告訴他，也有人這麼告訴你。在月亮沉落或者缺縫的時刻。

然後你在光影交錯的 PUB 看見他的夥伴們，窄窄的木造房子裡，彈著窄窄的吉他，九〇年代的歌喉，七〇年代的往事。其實他們可以不要這些，你偷偷地想，看他們把煙圈吐在黝暗的空間裡，化成無稽的歷史。

你從來不曾懷疑歷史，因爲那裡有最動人的劇情，你像咀嚼泡沫一樣對待它們。就如同此刻你站在這裡，接受木造房子下一刻可能燃燒起來的事實。沒有什麼是不可能的，如同你丟下乾爽無塵的辦公桌，每日每夜混跡在浮沉怪異的事件裡，寫下腐臭或者虛矯的故事。

讓月亮升起來吧！你聽見屋外的誰這麼說。你悄悄打開房門，外面是更龐大的人聲、杯聲和震耳的樂聲，沒有屋外，馬路在遠遠的夜色彼端。

就當它是個夢吧。你聽見更遠的誰這麼說，帶著你的筆電，沾滿日間的眼神和夜晚蒼涼的雲朵。

你知道你終究會走出夢境，跨足到另一個世界，然後返身，打開房門，許許多多的門開著，上演詭魅的風景。芸芸衆生裡，有一種時間，用月牙來說故事。

像微笑或哭泣的表情……

雪色

1.

後來你想：雪，其實是不需要顏色的。

四月的紐約，你帶著卡爾維諾，和那本墨綠色的《未來千年備忘錄》，在轟隆危顫的地鐵上審視自己。你其實已十分熟悉這個城市了，它的陰寒、燥熱、矯美與疼痛，它是如此適於遠觀，以至於你始終記得站在夢醒的位置。儘管你認識它已經十年了。

然而十年與千年有何不同？你想起「重複即死亡」這句話，即使紐約的一切都是難以重複的——但那並不意味就離死亡遠些。許多清晨，你搭上老舊的7號車從Main Street出來，經過全世界最大的墓園上方，那些冷鬱的墓碑在灰濛塵光裡，彷彿終夜未眠的幽魂。你時常爲這樣的想法感到好笑，它們不必用「彷彿」來形容，它們，原本就是幽靈啊！你從氤氳的高空俯看一切，想起紐約的地鐵有一百歲了。那麼，許多桀驁的魂魄也都搭乘過地鐵吧？在時光任意碾壓的軌道上荒蕪老去，最後終於成爲輕煙，歸於遺忘。

一個被死亡驅迫的城市，穿越詭祕的天空，切割洪荒的地底。有一回你從地鐵下來，經過長譎陰森的甬道，不小心踢到一樣東西。低頭看看，才發現是床散發腐臭氣息的棉被，和包裹著的那個人，也許死去多時了。你像遇見午夜的噩夢般，匆匆從他身旁繞過。「別驚醒了死神啊！他只不過是睡著了。」醉倒一旁的酒鬼說。然而酒鬼是對的，那人，眞的只是睡著了。你踩到他的靈魂，他還給你更多的夢魘。

詢問靈魂的歸處，顯然和質疑上帝的存在一樣令人疲困，你已習慣了不隨便發問，即使迷路也僞裝成自若無懼。路，總是會自己出現的，臉上寫滿疑慮只會增加被攻擊的危險，許久以來朋友一直這麼告誡你，然後有一天你終於也成了老紐約，神情冷漠勇往直前，甚至對自己的靈魂不屑一顧，你的靈魂在後面苦苦追趕，終至愈離愈遠，永遠消失在陌生的街角。

然而哪裡才是永恆的家鄉？存在愈久的地方，就愈容易發現神魂的蹤影嗎？每個子夜，你聽見隔鄰水龍頭的滴答聲，想著總有一天要過去把它關上。也想及你那境遇不同的親朋故舊，在充滿幻覺的城市裡生根，發殘缺的芽，然後長成相貌各異的植物。

是的，植物。

從身體各處緩增的油脂，像海綿般不懷好意的，堵住了靈魂的出口。你想著，許多年來不斷有聲音在耳畔嗡嗡作響：要當一塊海綿，隨時吸收新知，才不會被粗鄙的現實溶蝕滅頂。然而你也親眼見到了，許多身不由己的軀幹，被日益膨脹的海綿佔領，在逐漸肥厚的組織裡呼吸微笑，作揖行禮。

「那叫及時行樂。」有人糾正你，「而且要讓味蕾張開，像守候植物的捕蠅草一般，嚐盡天下美食。」至於食道以下的部分，「那是另外的領域，上帝自有主張。」你不免想起患了暴食症的K，沉沒在寂寥海域的½台灣女子，你看過她二十歲時的照片，褐髮大眼，薄薄的唇抿著，像是對未來的無言挑釁，足以燃燒繁花的冷眉冷眼。多麼矛盾的組合啊！你那時想：分明是雪白與火紅，冬與夏的永世纏縛……。

如今她已是年近四十的婦人了。被歲月淘洗過的眉眼，以另一種熱烈與食物抵死纏綿。「它們讓我感到溫暖。」她用已然帶著美國南方口音的話語，重新咀嚼食物的溫度。你彷彿聞到海風吹過廣漠平野的味道。然而這裡是紐約，除了仰頭可見的天際線，只有下水道冒出的蒸氣可以溫熱雙眼。

K沒有提到她分居的丈夫，曾如鷗鳥般令人迷醉的南方水手。「女人讓自己被男人剝削，名義是爲了愛。西蒙波娃這麼說的。」你不清楚K究竟離開了鷗鳥，還是西蒙波娃。你只知道每個晚上，衆多食物貼緊她的咽喉與胃壁，和她共同抵禦外在的寒涼，即使只有短暫的十分鐘。十分鐘後，她用雙手掏挖喉嚨，張大嘴，像一隻泫然欲泣的恐龍。所有食物離她而去，順著抽水馬桶潛入城市底層。她繼續讓新的、陌生的食物溫暖自己，在重複的抽水聲中驅散過往，和夜色。

「夜色總是如此寧謐美好。」K後來說。

「但你最好把自己當成陌生人。」果然成爲陌生人的K，在匆匆行走的路人中間，看來自信、堅強而勇敢。

你不曾懷疑過K的決心。對抗這世界的方法有許多種，包括欺騙自己，善意卻不太溫馴的欺騙。

然而你也相信卡爾維諾說的，讓自己輕盈起來，輕是一種價值而非缺憾。就像四月的，此刻的紐約，窗外飄著細雪。

你在百年如一日，轟隆無知的地鐵上前行，比往年更反常的四月，比過去任何時刻都更接近的卡爾維諾，他的《未來千年備忘錄》：

「大概只有在這個時候，我才意識到了世界的沉重、惰性和難解……」

「喧囂、攻擊、糾纏不休和大喊大叫——都屬於死亡的王國……」

他在說輕逸，飛翔，和遠離死亡的方法。他顯然不認識那個醉鬼流浪漢、不認識K和你的許多親朋好友，不認識建構於死亡之上的城市，不記得所有在重複與恐懼間流浪的魂魄。

然而這一切又有何干？你看著窗外的雪花，在車行的同時被拋諸腦後，有些逗留在窗玻璃上，瞬間化爲雨水，溶成灰濛風景中的一方霧氣……。

2.

識與不識的時光，落在手錶的陰影上，晚間八點三十分，剛剛經過的站名叫Hunters Points Av.。

許久以前，當整個紐約城還是荒蕪一片的時候，一群獵人沉默地，在飄墜的雨雪之間捕獵，獸影像鬼魅般出沒，賊亮的眼睛盯著未來，空茫的領地。然後箭在空中畫出優美的弧度，準確射中賊眼下的心臟，血色滲透皮毛，急切流向大地，與等候多時的雪色合而爲一。豔白和濡紅，絕對的純潔與激烈。你側耳傾聽，彷彿有遙遠的獸鳴，從天地一隅傳來，愈聚愈攏，終至包圍了你的車廂。

然而什麼也沒——有——。

你驅散那些安靜的幻影，扶正自己的坐姿。只有雪，眞實的，從上個世紀末下到這個世紀末，包圍了你，和你的夢境。四周沒有獸影，只有緘默而倦沉的臉孔，在千萬分之一的機率中與你相遇，一同咀嚼雪花和陌生的滋味。

「整個故事都貫穿著某種死亡迫近感，查理曼看來是要抓住最後殘餘的生命，與其進行激烈的鬥爭……」你低下頭來，目光正好停駐在〈迅速〉這一章。故事其實是進行得夠久了，緩慢而枝節繁複……

終於過去了的四月，銜接著綠芽初醒的五月，火焰般的紅裸雀躲藏在橡樹林中，如同一枚失落的驚嘆號。紅林鶯悄悄張開羽翅，每每讓你目眩，誤以爲是彩蝶斑斕的身影。你細數中央公園每一片油亮撼人的葉子，辨識一株株長在街石板間，低賤的狗木。只有在這個時刻，你才感覺到體內細微的爆裂聲，那是隱忍許久的芽苞，躲過苦寒的冰雪，終於留得的一線生機。也唯有此時，你那遙遠落後的靈魂才會趕上前來，與你並肩同行，感激春光。

你後來才發覺，短暫的春色已成爲你私藏的一幅風景，缺乏時序地，在黑暗的角落裡流動、變形、再生，有時衍生成你無法確定的圖像。往後的季節裡，你依靠它們獲得良久的溫煦，即使在荒誕的漫漫長冬，它們也可能毫無預示地闖入你的警戒線，像港口終日徘徊的黑頂鷗，僅餘忽而乍黑，忽而灰白，忽而亮紅的身姿，強烈卻又恍惚地撞擊你。在數不清的暴風雪中，你瞥見自己的靈魂倒地又站起，艱困地顛仆前行，在分不清血紅或雪白的泥濘裡，瞻望餘生。

「令人驚懼而又不可思議的不是無限的空無，而是存在。」卡爾維諾說。

醉鬼流浪漢死去的清晨，你和往常一般穿過長長的甬道，看見他的身子馴服地垂軟著，像個熟睡的嬰孩，你忽然不再害怕踩到他的靈魂。稍後，有人過來收走了他的軀殼，地下道彷彿恢復了寧靜，多了一些亮光。你走出地底的道路，走上晨曦微明的街角，想起他說過的話：有人，終於驚醒了死神。

那個深夜，你接到R的急電，說K死了，從十六樓的公寓頂端一躍而下。你在電話的這端沉默良久，想及命運的起始與終點，偶然與必然，在這一個清晨或下一個黑夜，永無止境地循演交替。而你，終於不再需要爲K的存在憂心。

3.

「……身處世界終結之後的另一個世界。」同樣去了另一個世界的卡爾維諾，或許知曉K和醉鬼流浪漢，如今也去了那裡。每個清晨，你依然搭上老舊的7號車，經過全世界最大的墓園上方，在模糊曖昧的晨光裡揣想他們此刻居住的世界。陽光從狹窄的縫隙中旋身進來，覆蓋了車廂裡的所有身影，那些因爲早起此時正在補眠的臉龐，像極天使。

不再積雪的樹梢，在每一個轉角的地方，向你道別。

而故事，才要開始。

煙說

這一切，不過是起霧的緣故……

1.

傑佛瑞．湯瑪斯走在起霧的街道上，或者你也可以叫他保羅．班傑明或是拉辛。搶匪搶了別人的錢，他搶了搶匪的錢。然後他繼續編故事，製造更多名字，讓不同的名字像天上的雨，落在地面後蒸發不見。

2.

你不清楚這算不算電影的開頭？因爲你遲到了，在漆黑的二輪電影院裡小心前進，以免絆倒。你看到背後一些因忍耐而五官模糊的頭顱，彷彿暗室裡生長的蘑菇，隱忍著，等待誰的手來摘取。電影裡沒有黑黑的蘑菇，卻有湯瑪斯黑黑的臉孔，粗大的鼻子，厚厚的嘴唇……一切種族問題應該發生的特徵。湯瑪斯說：「我沒有爸爸。我只是路過，只是路過……」像他的祖先被種植在非洲大陸，像蘑菇般被拔起，然後丟擲在廣闊的美洲大地，菌絲般迅速繁衍，無數個黑黑的湯瑪斯複製在無數的街道上，或者你也可以叫他保羅·班傑明或是拉辛，他只不過是偷了別人的名字。

3.

但湯瑪斯還偷了別人棄置的電視機。黑白的影像裡，棒球員仍然神情專注地揮棒、投球、封殺、跺腳。那個別人是他的爸爸，他以為早死了的爸爸，他遺傳了他全部的容貌。然而承不承認是另一回事，他只知道那台電視機老了、舊了，站在嶄新的木櫃上像侷促的流浪漢。眞正叫保羅·班傑明的作家告訴他：「一名躊躇滿志的登山者，在高山上發現一具屍體，那屍體早已凍成冰塊。他趴下來看他，卻覺得那面容似曾相識，於是他猛然想起，冰塊裡是他死去多時的父親。奇怪的是，父親的容貌比兒子還年輕。」作家說完故事，又繼續在打字機前編自己未完的故事。死了的父親終究是死了，在冰塊裡彷彿是一則離奇傳言。黑白電視機終究是壞了，在嶄新的木櫃上不再像個流浪漢。

4.

自然主義者以出奇的冷靜和冷漠模擬大自然。湯瑪斯畢竟不是自然主義者，他在灰色天空下，成爲編劇手中緩緩蠕動的蛆蟲，求生意志堅強，但不惹人嫌惡。如果有什麼缺點，不過是因爲他的膚色，他的偷竊癖，以及他打溼了那箱雪茄菸。煙是沒有重量的，靈魂也是。那麼打溼了的雪茄菸會不會重一點？溼了的靈魂會不會聰明一點？

5.

影片外的真實世界裡，《歷史上的今天》播出美國四十萬黑人的大遊行，面露幸福堅毅表情的黑人，從一輛又一輛灰濁的巴士下來，接受妻女英雄式的歡迎和擁抱。在那之前，他們把整個林肯紀念碑前的天空都站滿了。是的，站在天空裡，接受上帝關愛的擁抱，祈求所有的種族問題就此如煙消散。

6.

其實一切問題都與你無關。你還是可以假裝冷漠地，在街角與任何一支菸擦身而過，或者低頭靜靜閱讀一本書，在作者發現之前合上書皮。像那個大作家保羅．班傑明說的：「一個垂死的作家，將他的手稿捲起來，做成一支雪茄，然後在臨終前抽完了他的手稿。」將死的靈魂，什麼比較重要？一本書？還是一支雪茄？什麼可以遠離陰暗？一卷手稿？還是誠懇的謊言？

7.

一本書還是一支雪茄的問題似乎不太重要，據說現在的人已經不太看書了，平面的，無聲無息的文字引不起末世族的興趣。末世族需要聲光，好讓萎頹的感官電擊般觸動起來。電光石火，悲劇性格毀滅式的快感。你不知道電影裡十七歲的湯瑪斯，在電影外是否也十七歲，是否也帶著濃厚悲劇色彩？像那個十八歲的嗑藥女孩，頂著黑眼圈，用姣好的面龐控訴世界。一切只因爲說謊的緣故，湊在一起的這些人和那些人，像灰灰天空下緩緩蠕動的蛆蟲，求生意志堅強，但不惹人嫌惡。

8.

一切只因爲起霧的緣故……

據說湯瑪斯仍在模糊的街上走著，在混亂的年代裡尋找他的生身父親，在烈日灼燒的大地上燙傷雙足，讓黑色的眼淚滴淌在誰的墓碑上。

音樂總是重複，情節老是雷同，你在不再容易感動的電影裡，想像有風
拂過種子生長的曠野，靜默深處有誰的眼睛安靜凝視。

9.

黑色蘑菇仍在夜裡偷偷繁衍。
地球的另一面，你喝完了一杯福圓茶的下午，有人抽完了一支菸。

註：《煙》是華裔導演王穎的作品。

是誰錯置回聲

那個晚上，你和剛剛拍完《綠屋》的楚浮潛進展覽會場。帶著一身死亡氣味的楚浮，點著原本爲亡妻準備的燭火，一幅一幅瀏覽著畫家的作品。畫家的手截肢般地散落在各個角落，你們經過畫作前，冷不防就讓迎面而來的掌紋血脈撞個正著。

是誰

「是誰？」

畫家的聲音在空蕩的大廳裡發問。楚浮只是緊握燭火，不發一語。

「這裡沒有生的愉悅，沒有甜蜜的色彩。你們，還是走吧……」

畫家抑鬱的眼神出現在燭光上方，幽幽爍爍。

那是一隻死去多時的蟬屍，緊閉雙眼，仰臥在無人的空地上，透明的羽翅薄利如刀。

題名爲〈去年夏天〉，一九九一。

許多的回憶被利刃切割著，拋擲到你們手中。

一片枯萎蜷縮的黃葉，一尾不肯閉目的鯰魚，一隻殭斃的鴿子，一個滿布灰塵的洗手檯……。

掩面的楚浮想起了他的亡妻，她的戒指，她閃著燐光的肖像。被他偷偷藏在神殿裡膜拜的墳塚。

沒有誰決定要離去。

錯置

「有誰會買這樣的畫呢？」

經過另一幅畫作前，你聽見蚊子般的嗡嗡私語。那是畫家一九八九的〈雙腳之間〉。

青筋微露的一雙腳掌，中間橫梗著一把擠上牙膏的牙刷，清晨或深夜的影子跌落一旁，靜默無聲。

「那時我剛到紐約不久，語言的障礙總讓我有用腳刷牙的荒謬感，也讓我想起父親當年怯於開口說話的種種。」畫家說的是他客籍的父親，也是說他自己。

那年畫家的父親攜著一只行李，渡海來到小小的海島一隅，落籍在山巔海湄的花蓮；而今畫家攜著另一只行李，在吞吐鄉愁的紐約港邊落腳，卻同樣無法生根。

生命的錯置倒亂，豈只畫家一人而已？

在火光與沉睡邊緣，你們也同樣感受到了，疏離的恐慌。世界很大，大到在黑暗中伸手不見自己；世界也很小，小到在一柄親密的牙刷上，依然看不見自己。

然而楚浮卻說：「生命仍然是值得活下去的。」雖然在他的手心裡，多的是腐敗的傷痕。

畫家也是的，在建構嚴密完整，冷凝懾人的畫面裡，細心的讀畫人還是嗅到了溫情的氣味。

那是〈昨日〉，一九九三。

金橙如新月的橘子皮，剛好是嘴角微笑上揚的弧度，靜靜立在粗糙的桌面上，背後是漆黑的夜晚。

昨日已沉溺在永遠的黑裡，卻仍有銀燦的記憶發著光，堅定地告訴畫外人：「我來過了，那是不可抹滅的痕跡。」

死的背影裡，永恆的回聲正穿透畫布，無所不在。

你們站在光陰的急流上，無所選擇地撐竿前行，下面是深淵，死亡與孤寂的居所。

是因爲深深感受人世的迫促淒傷，畫家才極力鏤刻時間的容顏，好讓一切無常都留在畫裡，永不逝去嗎？

你從狐疑的畫裡走出來。

才發現楚浮和畫家不知什麼時候走了。

回聲，飄舉在茫茫夜色裡。

櫻吻

她拿起電話筒時，發現玻璃墊下壓著一隻面容憂鬱的狗，長長的耳朵，彷彿垂掛許多心事。牠的眼睛直直望著她，像極她死去的多多。

收音機裡正傳來主持人低啞的聲音，他說他也有一隻狗，叫「聖誕節」。「聖誕節」後來死了，他把牠埋在一株櫻花樹下，那一年的櫻花開得又密又美，怒放著。但那年的春天其實遲了。

她抬起頭，透明落地窗外是眞眞假假的燈火，倒映在窗玻璃上的，是她怔忡的眼神，和拿著話筒等待的手勢。

誰也沒有眞的等過誰。她想起那些年她在C大樓，夜裡經常從渺茫的十一樓走下來，走到五樓人聲喧嘩的編輯部，恍如隔世。每下一個台階，窗外景色就如魔術般的變幻著，原來她以爲是星星的東西，不過是普普通通的燈泡，懸在或雨或晴的夜空裡。她想著晴日該是水藍色的，但她極少看見那樣的藍，她只能用深藍來形容她的世界。那個夜晚開始，白天結束的世界。

她的世界一直顛顛倒倒，卻又極容易重複，就像她可以在極鄰近的兩行裡，一口氣連用三個「世界」；也像她慣用的編輯術語：宮8、宮9、宮12、宮15，她的朋友永遠弄不懂她在做什麼？她也不常解釋她的工作。她最常說的是：把它當成夢境吧，如果只是夢，你就不太會計較它了。

事實並非如此簡單，她每天畫著版樣單裡的宮位，把一則則新聞排列進去，像個玩積木的小孩。有時多出一塊，有時少掉一角，有時她會補上一張毫不相干的照片，加個圖文說明。像現在玻璃墊下那張狗的照片，與她毫不相關，卻如此定定地望著她。也像那隻埋在櫻花樹下的「聖誕節」，他們不過只是在許多的宮位裡偶然遇見了，然後被擺進空白的格子裡，塡滿了，又拆散，繼續下一次新的組合。

她開始習慣這樣的遊戲，像個樂於玩耍的孩子，儘管遊戲有時枯燥乏味，有時難以形容，但更多時候缺乏規畫。她愈來愈清楚看見自己跌坐在一堆五顏六色的積木裡，像一大串沒有分段被打散的零亂句子。她坐著，直到湧上來的逗號、分號、冒號、破折號、驚嘆號把她淹沒。唯一沒發現的，是句號。

她知道她一直不是很用心地在找句號，因爲並不是那麼容易得到。她的朋友裡說出句號的也不多，多半是頓號，還有問號。她記得最清楚的是刪節號，因爲那符號像多多睡著時不經意吐露的夢話。

多多走的那個夜晚，她正在想一個標題，電腦螢幕上顯示著方三、圓三、超特黑、細圓等不同的字體。她突然想起小時候的多多是圓三，現在生病的多多是細圓，牠瘦得幾乎只剩下清晰可見的骨頭了。

她其實沒有太多時間去想多多的生與死，獸醫也不曾爲闔眼的多多蓋上白布。她在夜色裡倉皇抱起多多的身體，像一攤鬆軟難堪的抹布。多多的頭垂著，不再睜眼看她。

她唯一的念頭是：離開那窒悶的獸醫診所，找個地方把多多埋起來。那是夏天，城裡的木棉差不多都落盡了。花期短得令人詫異。後來……

她仍在重複玩著積木的遊戲，從夏天到冬天。這城市的花期似乎一天比一天更短暫，她偶爾會在電腦螢幕上發現多多橫走的身影，然後消失在寶藍的夜空。

她想起那樣的句子：其實誰也沒有眞的等過誰，像她無稽的工作。

那年的櫻花據說開得很盛，他指給她看「聖誕節」棲身的居所，多了一些青嫩的草葉，像春天的手勢。

但那年的春天

其實是遲了。

╲蝴蝶樹

聖誕節來臨之前，她遇見了一棵樹。

其實，應該是樹遇見了她。她一直記得，那是個晴朗炎熱的冬日，節氣上標明著「大雪」。她獨自在正午的大太陽下走著，陽光實在太強，她只好撐起紫花陽傘。炙烈欲燃的空氣裡，她的影子畏縮地躲在身後，沉默不語。她突然想起出門前才翻看的月曆，光潔的畫面上，大雪正紛紛墜落，彷彿還聽得見「絲絲」的聲音。她怔怔凝視那些雪花，掠過山頭，幻影般朝遠方逝去。而她的窗外，九重葛比任何時候都要暴烈地盛放著，駭人的嫣紅，帶著隱隱的憤怒。

她狐疑地出門，走過每日必經的小學校園，龐大不知名的樹群，陰影像往昔般籠罩著她。

然後，就是那棵樹了……

她聽見紫花陽傘上，有叮咚墜落的聲音，她以爲是雨，然而陽光分明燥熱異常。她異想天開地想：是雪吧！也許雪花凝成一顆顆小雪球，就落在她的傘上。是的，在這麼龐大的，無雪且百無聊賴的城裡，就落在她一個人的傘上。

直到她低頭，才發現經過花傘墜落地面的，是一隻隻毛毛蟲。她駭然地看著那些黑底豔紅斑紋的毛毛蟲，倉皇地在地面疾走，茫然而無助。不遠處，還有一些已被輾斃的毛蟲屍骸，扁平而完好地躺在路上。

她抬起頭來，望向高大的天空，烈日下曝曬的樹身上，滿是白茫茫的蟲繭，隨風飄搖。乍看之下，像雪。她走到更遠一點的小路邊，站定了，才能更清楚地仰望這一切。被雪球鋪滿的樹枝上，仍有毛毛蟲不斷地墜落，近乎決裂的姿態。

她熟悉的老樹，而她從來不認得它。

在怪異的冬日午後，攜著一身的雪球，遇見她。

她想起有誰告訴她的：溫室效應的結果，地球上的氣溫將愈來愈高，有一天，冬天將永不再出現。

就是這樣了嗎？有一天，雪將只是光潔月曆表面的一種假象，就像消失多年的恐龍，終於成爲想像中的風景。

來不及成爲蝴蝶的毛毛蟲，終究無法想像，

雪的顏色……

夜間訪客

她幾乎是第一眼就被那尾象魚吸引了。笨重冗長的身形，高聳如荒丘的脊背，尖尖的嘴，不明亮的小眼睛，一看就知道是沉默又魯鈍的那一型。

然而牠的尾部，竟然閃爍著亮紅色的光點，燦麗的星芒彷彿夜空中爆開的焰火，在魚身緩緩游擺時，綻放謎樣的誘人神采。

是什麼樣的一尾魚呢？她好奇地，推開水族館厚重的玻璃門。窒悶的夏夜，老闆穿著一件無袖汗衫，嘴裡嚼著羊齒葉一類的東西。大大小小的水族箱塞滿了整個空間，最裡面坐著他的女人和小孩，狐狸般探頭打量著她。

她直接走到象魚的水族箱前，卻突然有一種莫名的熟悉感。笨重的象魚吃力轉過身來，用小小的眼珠子凝視她。老闆從昏暗燈泡下露出倦怵的雙眼：「從亞馬遜河來的哩，剛剛才到，就這麼一隻，不是食人魚啦。」他喃喃念完咒語般的一串句子，又闔起眼，繼續嚼著羊齒葉。

現在沒有人理她了。她看著水族箱上浮貼的名牌，「象魚」兩個字寫得歪歪斜斜，彷彿就要飄起來。她揉揉眼睛，才發現那兩枚字眞的離開名牌，飄進水族箱裡，象魚張開長長的尖嘴，一口就嚥了下去。

嚥下字的象魚依舊凝視著她，她終於回想起來，那名去了亞馬遜河就不再回來的P，最後一次傳抵的音訊，是他在雨林中迷失了方向，而且還是她做夢夢到的。她一向相信自己的夢，因爲那比卜卦還要準確。

整整一年了，她的P就這樣消失在雨林裡，或者說，她的夢裡。她偶爾會想起他憂戚的面容，和那片遙遠的雨林一樣令人哀傷；也想著他常常說的一句話，如果雨林不見了，我們也都活不下去了。她當然理解P話裡的深意，雖然他的臉孔已隨著時間愈來愈模糊了。

「一切都在模糊、消逝之中……」那是P在她夢裡說的最後一句話。夢中他們一塊兒去參觀一個畫展，他停在一幅畫前，凝望許久。她趨前去看，卻是怎麼也看不清楚，夢裡的她閉起眼睛，竟然把畫面看明白了。那是一個五角形的水族箱，波浪在外面，飄浮著金箔般的水草，一尾像風箏的魚，正奮力躍出空的水族箱。窗外一抹冷淡的月牙，靜靜看著徒然的結局。作者的名字很小很小，嵌在月牙下方：尼加拉瓜．谷迪雷．一九四四，題目是「夜間訪客」。她正訝異自己的夢如此逼眞時，風箏魚的臉孔竟慢慢變成P的樣子。

如同現在，她站在象魚面前，仔細凝視牠眼角的一滴淚，隨著水波搖蕩上升，終於變成一枚氣泡，飄出水族箱，在廣漠無垠的夜空裡，「啵」的一聲，不見了。

╲遙遠的巴海貝爾

你如何能凝視昨日，遙遠的巴海貝爾。

許多個昨日之前的黃昏，你在巴黎空蕩的街頭，遇見他的〈卡農〉。其實是再熟悉不過的曲子了，激昂之後的平淡，連哀傷都不算。幾個人組成的小小樂團，讓影子與夕陽一同沉落在街景裡。一枚氣球不知是誰鬆了手，飄著飄著，就遠了。

許多年後，你在雨後的台北遇見另一個巴海貝爾。國家劇院的舞台上，那名枯瘦的舞者用盡全力，幾乎是匍匐著，在亦眞亦假的夜裡低吟人生。終場後人群逐漸散去，你在空寂的大廳裡，彷彿一回眸就見到老去的巴海貝爾，閉目聆聽自己的作品。你默默記誦著，那簡單又模糊的生平：一六五三～一七〇六，德國作曲家兼風琴手，鍵盤樂曲對巴哈影響至深⋯⋯然而你始終知道，在夜深的台北，除了雨，一切不過只是幻影。

後來你幾乎走遍台北的唱片行，期望能發現更多，關於巴海貝爾。他們卻總是告訴你：去尋找別人吧，那要簡單得多。僅有的一首〈卡農〉，像天上飄下的雨，終歸要遠離塵世。

你畢竟不曾相信，卻也不再發問。只在未完的行旅中，想起那俯瞰世界的眼神。

多年前一條昏昧的巷子，在城市中心，彷彿一則隱喻……

╲那時台北還是一片濃霧

那時台北還是一片濃霧。

大年初四，你在打烊後的小酒館裡，遇見那名自稱是詩人的男子，黑框眼鏡下分不清是喜還是憂的眸子。你無法察覺的幻象。

那名早在數十年前就已墜機身亡的男子，在大霧的酒館裡，依然固執尋找他錯愛的女子。你想起他的感情用事，彷彿注定了的叛離。粉碎。與死亡。

他顯然是陰鬱的，在無詩的城市裡，雨水如夢般無聲滑落，只有滴答的指針印證一切。包括毫不相干的那名希臘導演（他如今也死了），永遠未完的尋索與失落。嫉妒與哀愁。

一切都毫不相干。但你依然伸出手去，握住了詩人，冰涼的過去。你無法趕上的那個時代。彈指間失了顏色。

你看著他的白色棉襖，不合時宜的空想，徒然向前的姿勢。你以爲他就要跌倒了，在空茫的酒館裡，像臨風碎裂的地圖。

然而早春的星輝正要怒放呢！你聽見他的喃喃。你搖搖頭，當他是醉了。

這裡不是北國，春日更無星輝。只有早寒是眞的。

天涼時多加件衣服吧。你說。管他是春或秋，這年頭已少有人懂詩了。

如果還有雲彩，記得揮一揮衣袖……

／他是有權的……

整個夏天，她彷彿穿越了一座龐大迷宮。迷宮中的他顯然並未死去，且用頑強的手指繼續書寫。

作爲一只囚籠、一隻野獸、一座墳墓、一枚等待爆發的火山、一面鏡子、一件襯衫上的縐褶、一片迷幻藥、一尊俘虜……他只能藏匿起自己，「那是爲人，爲獸也爲神設下的圈套，是慾望的紐結，是沉默的思想。」

他是有權沉默的，把世界背轉過來，好在迷宮圈套裡殺死半人半獸的魔怪。以便繼續發現自己的勇氣與脆弱，以便繼續抗爭。思考。顛狂。

他是有權顛狂的，像黑夜與黎明之間的走索者。在邊境之上膽敢指責人道主義，盡情暴露「人身上的邪惡」。

打碎偶像！這個怪異的頑童說。「我的書純屬虛構，它是本小說，但創作者不是我。」不停發問的頑童也不惜毀滅自己，最終像幽靈般消失不見。

躲在門背後的他還要探出頭來，扮個鬼臉說：「我就是你的迷宮。」

然而這座迷宮的確太詭奇，整個夏天她像一尾好奇的熱帶魚，潛進他危險又充滿死亡氣息的珊瑚礁，發現聳人的熱情與革命。

蠢蠢欲動的生命與虛空。

傅柯。

一枚魅惑的問號……

畸形人

暴雨不斷的夜晚，她做了這輩子最恐怖的夢。

夢裡她來到一個極美的莊園，純白高大的建築，寬敞明亮的大廳，自屋頂飄掛而下的白色薄紗窗簾，天堂般的夢幻……

但她才住進去不久，便發現一個駭人的事實，那就是裡面的人都被動了可怕的手術，沒有一個是正常的：畸形的臉，畸形的手，畸形的腳。更可怕的是，他們下一個動刀的對象就是她。

她正想法要逃出去時，卻發現另一名剛住進來的，還未動過刀的正常女子，毫不知情地讚嘆莊園的美。她在畸形人的監視下，千方百計想告訴那女人，這是恐怖的地方，要趕緊逃出去。卻苦無機會開口。不久後，那女人就被帶走了。

畸形人稍稍鬆懈時，她立刻跑到另一個房間，看看是否有其他逃生出口，才發現這建築大得像迷宮一般。就在她不抱希望亂走時，忽然來到另一個幽靜高敞的大廳，也有極美的，自頂垂掛的薄紗簾隨風輕舞。

這大廳意外沒有畸形人看守，她卻發現裡面全是躺在床上，已被動過刀的人。有些割下的手臂擺在身體左邊，有些鋸斷的小腿放在身體右側。他們全都痛苦呻吟著。只有沉默的模型電車不斷在四周來回繞行。

她匆匆穿過他們，來到另一個房間，發現父親竟然在裡面，而且是正常的，沒被動過刀。她高興極了，急忙跑上前去，沒想到這時父親搖身一變，露出畸形人的樣貌。

原來她以爲還正常的父親，早已被動過手術，變成畸形人的同夥。他僞裝成正常的父親，就是想引誘她「落網」。她趕緊轉身，想逃出去，卻發現每一扇門都已被畸形人堵住。不論她逃到哪一個出口，都有不同的畸形人守著。

她只好退回來。如今是徹頭徹尾被包圍了，她想。

這時，一個畸形男人遞了張紙條給她，祝她生日快樂。並且稱讚她很乖。五分鐘後就要爲她動刀了。

雪之床與夜之谷

她從一個奇異的夢裡醒來。

她去找已經死去的ㄇ。ㄇ帶她到一張單人床旁，給她一把小椅子。她想放在床頭。但這床每到一定時間就會生出霜雪，使整張床變成美麗的銀白雪世界。

「因爲太冷了，因此不能把小椅子放在雪床上。」不知何時出現的ㄈ說。

醒來時，窗外是一片黝靜幽谷。有細緻的鳥鳴悠悠調著音階。那是被夜彈響的，孤獨而歡愉的絲絃。她忽又憶起ㄈ在夢中解釋，那床有專職之人爲不同時段的雪命名。專職人說，命名是他份內的事，即使每一個名字要想二十五分鐘或更久，他都甘願。

她忽然想起，曾爲幾句詩反覆推敲的，迷宮深處的自己。十年前？或者更久？不也像那爲雪床命名的人，夜之廢墟中緩慢調音的飛鳥。即使無人聽見，仍要堅持找到每一個音最獨特的位置……那些寫滿了雪音符的筆記本。

或者她根本記錯了。那只是一張雪被單，一頁冬天隨手撕下的廢紙。

壁癌

如果不是因爲下了太久的雨，她大概不會有機會抬頭看住了四十年的公寓天花板，那裡凝結了極小的世界的倒影。裡面有一個她正凝望著地板上的她。她看見天花板上的壁癌長出自己的怪異面孔，而她是這裝置藝術的唯一觀賞者。她想起ㄇ的肺部也會長出這樣形貌詭異的臉孔，躲藏在幽暗的角落，隨時準備發動新的攻擊。ㄇ直到躺在加護病房時都還有一雙清澈的眼睛。加護病房的天花板十分白淨沒有壁癌，甚至太白了，讓她有一種就要接近天堂的錯覺。她從小就討厭雨天。那種濕冷之水之觸覺之氣味隨時都準備黏上身的不快感。也討厭上學。又下雨又要上學的日子，世界變成一條泥濘滑溜的大蛇，飛濺而過的汽車機車隨時都準備在她已濕了的鞋襪上再添加許多泥漬。ㄇ在加護病房的四十四天，幾乎每一天都在下雨，讓她更加痛恨雨天。啊這雙重諧音的不詳。她聽過最詩意的關於雨天的比喻，是賽斯說的，這一個世界的雨水是另一個世界居民的眼淚。然而即使如此，還是不能讓她對雨天卻必須外出有一絲美麗的幻想。當然，能在落雨的落地窗內賞雨聽雨而不被雨淋成落湯雞又是另一回事。她也想起日本的攝影家石內都，長滿壁癌的房間在粗粒子裡像漂流的無人夢境，那掛在破敗天花板上卻依然放射光芒的頂燈，眺望天空的老婦人，全都像黑白翻捲的流沙雨。這敗壞倒塌的世界就要徹底被如夢的壁癌攻佔。

黃昏的絃樂

巴海貝爾。陪著蛇歌唱，讓蛇睡覺，讓誰順利取得金羊毛。
巴海貝爾。樓蘭女刺身流下的血流到羅布泊。
巴海貝爾。空洞是力量毀滅是再生。
巴海貝爾。去冒險去夢境完成你的絃樂四重奏。

1.

巴海貝爾。老兔子終於死了。

你拿切碎的胡蘿蔔餵她，像許多個黃昏一樣。她的嘴唇動了動，終於還是放棄了。你記得她從前在黃昏暗影裡擦拭自己的耳朵。仔仔細細地，讓毛皮在夕陽下服貼閃現光澤。柔順地，從你的手掌般長到很大，大到你再也不能抱她。然後她後腿跳著，離開你的視線。她去了很久很久，直到你相信她再也不可能出現了，又後腿跳著，回到你眼前。那時候，她的毛皮已經黯淡了，一隻耳朵垂下來，可憐地望著你。你沒有要她解釋什麼，只拿了一只削好的胡蘿蔔，放在她面前。看她在黃昏裡掀動嘴唇，企圖啃蝕落日一樣的食物。你想起她的小時候。然後她像過去一樣，開始仔仔細細擦拭耳朵。那只下垂的耳朵，怕是在外面受到欺侮的緣故，再也站不起來了。

後來她就一逕沉默著，在你視線所及處閤上雙眼。夏日黃昏空蕩的六點四十分，直到細碎的音符羽毛般飛遠，直到你以爲她終於睡著了。

2.

老猴子溫馴地任你們擺布，抹香香的肥皂。偶爾抬頭看看你們。但多半時候，他都低垂著眼皮，彷彿在思索什麼。洗完澡後，你們用吹風機把他的溼毛吹乾，用毛巾擦乾他的身體。他看來精神似乎好些了。

你們把他送回籠裡，他背對你們，望向對樓陽台。從背後看去，像一個老人。那是一個盛夏的黃昏，你清楚記得。剛考完高中聯考的你，正開心計畫暑假活動。面對一個年紀比你小的老人，心中突然生出莫名悲哀。

老猴子不吃不睡，只睜著一雙怨懟的眼，像是責怪你們。Ｌ的一位友人看到老猴子，告訴你們：他年紀很大了，不可能習慣這種馴養方式。

老猴子後來怎麼死的，你完全不記得了，卻始終記得他細長的手指。彎曲勾住籠緣，像是一截永恆的枯木。

╲晚雲濤濤，多少逝水

1.

初夏傍晚，登上頂樓天台，獵獵之風吹來海的氣息。四野蟬聲嘶鳴，壯闊天宇變成祂狂野的畫布。馳騁快意的同時，底色卻一秒一秒暗下來。終於，祂收走了畫布，歸於蒼茫一片。如此霸氣不爲自己的作品存檔，那樣天才不羈，永不重來。暗中我望向遠方丘壑裡的樓台，彷彿有旌旗隱隱招展。那是四百年前的安東尼城，剛剛收工的築城人，也曾抬頭一瞥這燦爛天際嗎？晚雲濤濤，多少逝水，流經他們又流過我的腳下。

再四百年後呢？

如果此生感受過的每一刻，都如煙沙塵雲不留痕跡，今生的意義何在？如果築城者中有一個是詩人，只要一個，一切會不會變得不同？

築城者與掘墓人。

浮凸的歲月雕刻著，那些我還來得及記下的片刻，不叫沙塵吹走。

2.

是畫筆，也是顏色。是此刻，也是彼時。

神祕的連結，一切的隱喻。

時間再也不是一條直線，過去現在未來，在同一個點上，展開彼此。

那必然是我生命中的轉捩點。出版《逆光飛行》後的某一天，我在台北的「希臘小館」用餐。正午時分，陽光葉影細細篩落牆面，我望著其中一幅攝影怔忡出神。心想：這就是我下一個將造訪的國度了。一個多月後，我收到一封開會通知，地點正是希臘（多麼像十年後坊間大賣的「吸引力法則」）。

我一直清楚記得那個 Lagonissi 二樓面海的房間，九月午時的晴空與海洋，點綴純白的疑雲和神祇，靜靜停泊在視線不遠處。

彷彿有什麼始終在那裡，超越一切形象而存在。

那更高的，鑑照一切的，無形無狀不可摧毀的本質。

Sounion岬角。斷崖上的海神廟。大理石柱上拜倫的字跡，可疑地停駐在波光裡。海。愛琴。無窮無盡的海。一切事物來來去去，包括那深不能測的幽暗海底，也有無數肉身在萬千碎金琉璃中消滅了自己。

此刻立身斷崖剎那之上的我，何以恥言與永恆並肩？

是奇異的機緣帶我來到這裡，俯身窺看自己的短促與微渺，遲疑和執妄。是靜默野草被海風吹拂的時刻，彷彿我也是那草，安靜接受了風的垂憐，聆聽天地萬物的豐饒與玄祕。

3.

在大自然之內，在詩之懷。

眞正的愛裡有最大的自由。愛，只能是分享、啓發，不可能是綑綁或佔有。愛也必然伴隨憂傷，不論摯愛的是誰，肉身終有消亡的一天。

身的侷限，情的綑縛，現實的粗礪，從來都不應是詩的目的。必然還有從自然歷史之中，時間生死之外，展開的視界。是的，必然是這些，在如此短暫茫渺的一生裡，尋索可能的存在的意義。

那就是詩的價值，靈魂的功課……

這麼多年來，我更加確定了，大自然存在一種強大的愛的能量場。即使祂有時也以怒者的姿態，重擊自以爲征服了什麼的人類。

即使一隻小小的深夏藍尾蜥，也能用祂眼裡的天光雲影，告訴你許多。以那樣自信的姿態，展示祂豔藍且令人屏息的美麗長尾，然後從容消失在草叢裡。此生不再相見。

淡水暮色

冬至下午三點四十分，我走進這家老人安養院的禮堂，老人們都已靜靜坐在長椅上，等待音樂會的開始。舞台後方是大扇透明落地窗，高大樹影被微風吹拂著，搖曳好看的身姿。陽光透過葉片，將一塊塊金色剪影篩到窗前。窗外斜坡上，校外教學的小學童，正輕快爬上坡去。

窗內的老人，各自懷有長長故事，在餘生不多的此刻，聚在這裡，聆聽一首首優美的曲子。那是三位滿懷愛心的演奏家，在歲末的午後，將他們的祝福捎來這裡。

最後一首曲子是〈淡水暮色〉。演奏完了，淡水的天空依然晴亮，黃昏尚未降臨。然而我知道，冬日的夜色很快就要籠罩下來。我回頭看到禮堂最後一排的老阿公，淚流滿面地離去，而我永遠不會知道他究竟懷藏了什麼心事。

十五年忽然就過去了，當我無意間翻到這則筆記，扉頁已經泛黃。老阿公應該早就死了，小學童都出社會好幾年了吧。我卻聽見時間的釘鎚重重打下，凝止了那年冬至的黃昏。

紀念

我們所看到的這個世界正在逝去。

——保羅・德・塔斯（Paul de Tarse）

1.

當一切都在消逝毀敗之中，還有什麼，是可資紀念的？

是左手拇指上的那根刺嗎？攻頂時，一個步子沒踩穩，左手本能地抓住路旁的植物。儘管戴了手套，一根刺還是順勢扎進了手指。痛楚彷彿讓我清醒了些，在天將破曉的時刻。而我，憑什麼來打擾它呢？在三千九百多公尺的玉山額際，它的確好夢正酣，只因我的粗魯，讓它永遠離開了玉山的視線，且賭氣似的，叫我用盡各種辦法都拔不出來。此刻，它正安穩地躺在我的拇指裡，裹著我的皮膚，在我提筆書寫時與它對視，且理直氣壯地成爲我身體的一部分。

它，不過是一根小小的刺罷了，腐敗瓦解是遲早的事，我呢？數十年後，也將化爲塵土，沒有誰會記得誰。只有玉山，依然在時空的流轉中凝睇沉思，傲岸於無常之上。那麼我所侈言的紀念，不過是我回憶自己的方式罷了。一隻螻蟻在短暫的此生與一座巨靈片刻相會，了無涯際，與誰都無關。

我也記得，曙光初露的那一刻，迎著刺骨寒風，望向被陰影覆蓋的北峰。含苞的高山杜鵑，緊抓著泥土不放的它們，此刻正思索著什麼嗎？生存如斯艱難，日與夜的輪番脅迫何其漫長；然而春天一來，它們依舊要燄火般盛放。

更有在雲霧間的假沙梨、懸鉤子、鹿蹄草、茶藨子、沙參……我默念著它們的名字，彷彿一連串美麗的詩題；而所有詩句都被玉山寫在光陰之上了，滔滔洪流之中，每一朵花都只被允許綻放一次，就像清晨六點零七分的第一道陽光。過了，就永遠過去了。

2.

小心剝開僅剩的一枚橘子，分成四半，四個人分別吃了，甘甜沁涼的滋味在喉間，久久不曾散去。當時想著，如斯美味，此生是再也不會忘記了。然而此刻在燈下的我，即使還記得那一刻的感覺，卻無論如何也想不起刻骨銘心的味道了。這豈不像曾以爲的海誓山盟，如今卻連那人的樣貌都記不得，甚至懷疑自己的記憶：這樣的一個人，有可能愛過他嗎？逝去的愛情，多麼像萎謝的花朵，讓人只能各憑想像猜測原來該有的樣子。

甘美與殘忍從來都是並存的吧？面對千眞萬確的「逝去」，記憶不也在一點一滴耗損著它自己？忽然想起小學畢業紀念冊裡，夾著同學的相片，背面寫著三個大字「勿忘我」，尚未閱歷人世的眼眸寫滿期盼。現在卻想問他：還記得曾經的殷切嗎？玉山呢，佇立在福爾摩沙之上，從寂無人煙到滄海桑田，不曾有過畢業典禮的祂，卻有無數人因爲踩踏過祂的肌膚、髮際、頭顱，而獲得一張珍貴的「登頂證書」。那些人揮汗灑淚，有些發誓再也不爬山了；還有一些，卻因此愛上了祂，和祂的同伴——身影綿亙數千里，有時藏身雲間，和星星捉迷藏。祂，都記得祂們的容顏嗎？如果有一天這世界終將消逝，最後記得的，又會是什麼？

3.

「於是我歌唱著走向祢，一座死亡與永恆交織的城堡……」

未完成的詩句，隨意擱棄在一張廢紙的背面，卻又無意間被拾起，攤在冬日陽光裡，彷佛一場夢境。細碎的鋼琴聲叮叮咚咚敲著午後的寂靜，閉上眼睛，便又回到那炎熱陰涼交織的下午：登山鞋因爲兩天來不斷行走，覆滿厚厚塵土；三天不曾闔眼導致極度疲憊的身體，在大腦命令下，機械地向前走。有時竟產生幻覺，那深不見底的山谷裡，輕軟如棉絮的小草正呼喚著我，只要向左移半步，就可以結束這看似永無止境的苦刑了。死亡與永恆的界線，是如此輕易就能跨越……。然而因爲口渴與飢餓再度醒轉的我，又驚異於這荒誕的念頭。

一隻卑微的螞蟻，也曾如此思考過自己的生死嗎？在造物者面前，一隻思索的螞蟻，與一個產生幻覺的人有何不同？以極大的意志力驅趕極爲虛乏的軀殼，證明的又是什麼？我在稍寬的山路邊坐了下來，極爲晴朗的藍天上，有一絲薄雲緩緩飄過。龐大而寂靜的山谷，只有鐵杉身上的松蘿，輕輕搖蕩著午夢。更高的遠方，是凊晨攻頂的主峰，浮貼在溫暖天際，也安靜地沉入夢鄉。

我默默看著，祂懷中安穩睡去的一切。

一個在幾分鐘內被刷洗過的靈魂，彷彿有了答案。

那是我與祂共享的，一個祕密。

世界仍在消逝之中……

鱉的黃昏

日影從西方沉落下來。

鱉靜靜地抬起頭，細小的眼睛裡擎著一絲亮光，是黃昏吧。你轉頭望向屋外的天色，淡紫摻了些橙橘。對街人家的燈火剛剛打開，隱隱浮出一些人聲，夾錯著貓的低喃。

阿婆離開第十五天了。

你始終無法忘記她走出中正機場入境大廳的那一刻，夾雜在一群衣著光鮮的旅客當中，瘦小乾癟的她其實是不容易被發現的。你和父親焦灼地等著，一遍又一遍將眼光拋擲在每一個可能的旅客身上，然而一次又一次的失望最後終於變成了不耐，你幾乎開始懷疑這一切只是個騙局。阿婆其實沒有來，她根本還在那個待了幾十年的破磨坊裡，讓細窄的眼眶蓄滿淚水，流入經常乾涸的湖寮村，等待可能的春雨。

你並非不曾見過阿婆。自從兩岸稍微開放之後，那邊就時常有人捎來音訊。兩年前阿婆和阿叔還特地到湖寮村唯一的相館拍了一張照片，託人寄過來。阿叔黝黑清癯，站在旁邊的是樸實鄉下人樣貌的阿嬸，還有看來相當陌生的堂弟堂妹。坐在中間板凳上的才是阿婆，梳著細細灰白的頭髮，沉鬱嚴肅的眼神一看就知道是累積了數十年的。阿叔阿嬸、堂弟堂妹都勉強在嘴角擠出一絲笑容，阿婆卻一逕板著臉，讓鏡頭外手執照片的你愕然好久。

你怎麼也無法相信，相片中的老婦人，就是父親多少年來口中懸念的，那個清淨明朗，有著光潔臉容的阿婆。除了詭暗無聲的祕密，總還有什麼吧？你想著，甚至懷疑有一種冷冽的光，在阿婆背後偷偷啃噬著，將蛀蝕壞了的部分，悄悄掏空。除了歲月的渣滓，什麼也不留下。

•

就在你要放棄一切的時候，阿婆灰白的短髮突然出現在一條大紅圍巾的旁邊。到後來你的目光幾乎是一動不動地盯著那條紅圍巾，深怕一眨眼，眼前的一切就消失了。

阿婆不是一個人來，一路上從湖寮到廣州，從廣州到香港，再從香港飛到桃園，沿途照料她的，是在此地開旅行社的舅公。頭髮稀疏的舅公，比阿婆還難以被發現。

那是冬日的尾聲。你想著，努力想著一切發生的場景：大紅的圍巾，父親、阿婆、舅公，還有你自己。日影剛從西方沉落的中正機場。

•

阿婆離開第十五天了。

一雙水族箱裡的眼睛，擎著，冬日裡飄忽的微光。

其實你一直都知道，灰敗的黃昏和清晨是同樣難以記憶的。

阿婆知道你晚睡，早起的她卽使一大早起來了，也不敢過來吵你。只有幾次你其實醒了，躺在床上望著窗簾的夾隙發呆，就聽見明明沉重的，卻又極力放輕的腳步聲過來。然後你也知道，阿婆會出現在房門口，靜靜看你好久，你卻不敢坐起來跟她打招呼，只好繼續裝睡，直到同樣的腳步聲從房門口離去。

你不知道，這樣的情緒是不是因爲隔離太久，讓你覺得尷尬失措，還是可笑的只因爲你不會說客家話，她不會說國語。你無法應付那樣難堪的一刻。

阿婆尚未來到前，你總是自豪地跟朋友同事說，你是客家人，且有意無意地驕傲於自己來自中原的血統，而現在拆穿西洋鏡的竟是自己，你發現你連一句完整像樣的客家話都說不出來。面對阿婆客家話一連串的詢問，你只能愚蠢地「嗯，嗯」支吾，就像面對一個外國人。

這樣低落又彆扭的情緒，促使你更加逃避與阿婆單獨相處的時刻，甚至你明明看到阿婆眼裡深深失望的表情，還是藉故走開了。

後來你反覆思索這樣的情結，才發現並非針對阿婆。你總是如此習慣於自己也是台灣人的身分，雖然你同樣說不出一句完整的台灣話。

唯一一次，你坐了下來，看阿婆在漸暗的暮色裡，逗弄稚齡的孫兒。你在開了燈仍嫌昏暗的客廳裡，數算阿婆的年紀，虛歲八十五。

父親也來了，坐在阿婆身旁，靜靜聽她傾訴已重複多少遍的故事。說她如何在相同的夢裡，看見父親在家鄉的河邊向她招手。說，回來了，這幾十年其實都是一場夢。

幾次父親開會，很晚了還無法回家。阿婆堅持要等，且告訴你：「要等阿遷回來。」好幾次她睏了，在客廳的椅子上差點睡去，又強睜開眼，說：「阿遷轉來沒？」她叫著你不會聽過的父親的小名，你恍惚以爲，她只是從那張照片裡的板凳走下來，帶著無法撫平的愁容和裂紋，來騙你，和你的家人。告訴你一個其實虛構多年的故事。

你也在等著，等那雙眼睛，穿透冬霧的虛茫。

•

阿婆開始念起仍在湖寮的阿叔，那個照片裡清癯瘦黑的中年男子。說她夢見阿叔，在中午炙烈的太陽下跌倒了，沒有爬起來。你安慰阿婆，用生硬的客家話，告訴她這是不可能的事。阿叔一定還好好的，在湖寮。

可是整個湖寮村只有一架電話，而且記不得號碼。阿婆說，她想打電話回去。

常常黃昏的時候你下班回家，就看見阿婆坐在黝暗的客廳裡，手指微微掀動著，面向那一具電話。

你在闃靜的玄關站了好久，才走進去，打開了燈。

父親開始帶阿婆上館子，把此地能聯繫上的親友都陸續請來，和阿婆吃飯，敍敍家鄉事。

阿婆只吃清淡的素菜。同鄉都老了，可還是比阿婆年輕。阿婆坐在圓桌的中間，慢慢夾著菜吃，偶爾也應一兩句。通常吃完後同鄉會要求合影留念，你自告奮勇地爲他們拍照，大家聚攏了，圍在阿婆的四周。

「照了，好，笑一笑。」然後你就看見一群花白的頭顱，在按下快門的那一刻，笑了。

阿婆特別喜歡上其中的一家館子。你偷偷研究後才知道，她其實是喜歡駐足在那家館子的門口，看幾個水族箱裡的龍蝦、石斑魚，和眼神飄忽迷離的甲魚。

甲魚又叫鱉，你不懂阿婆爲什麼特別偏愛那隻不太好看的生物。牠在水族箱裡，孤獨地泅泳著，不時把頭抬起來，讓細長的鼻子伸出水面，吐露一些氣泡。那些氣泡在水面翻滾一陣後消失了，新的氣泡又在水面緩緩形成、游移，然後一樣消逝無蹤。

重複的景象讓阿婆癡立良久，你揣想著是因爲水族箱裡的光影幻化，還是因爲鱉划動水波時的靜默無聲。或者，僅僅是因爲隔著一道玻璃，裡外難測的兩個世界。

雨在不久之後稀稀疏疏地落了下來，落入整個冬日的陰霾，不再停過。

像被利刃剪過的天空，偶爾浮出一些不被允許的雲絮，壓迫著地上匆匆奔走的行人。有時彷彿也存心提醒誰，抬頭看看，烏雲上頭濺起的隱隱水花，那是夢蓄意拉長的場景。你想像著，讓一切湧現的幻象順水流過。

然而整個盆地就要變成水族箱了。你小心涉過雨中的街道，在車燈來不及吐出泡沫前，閃避下一個夢魘。

她什麼時候離開的，你卻來不及知道。

•

阿婆神祕地把你拉到一旁，在雨珠沿著窗玻璃滴落的黃昏裡，告訴你她的祕密：

「你知不知道阿遷小時候養過鱉？他把鱉裝在面盆裡，餵牠河裡撈來的蝦米，養到手掌那麼大，每天都要和牠對看好久。後來他弟弟生病，家裡沒有營養的，就把那隻鱉煮了湯，給弟弟吃了。阿遷轉來知道後，哭得面蠟蠟的，抱著那個面盆掉眼淚。阿遷忘了，我都記得清清楚楚。」

你聽著，那樣渺遠的記憶，彷彿在時光裡漫走幾十年，如今才又拾得承諾，悄悄凝聚成形，隨即漂浮散去，不留一點苦味與痕芒。

坐在你身旁的是從皺褶與飄泊裡走來的老婦，在寂寥的背影裡坐著，佝僂成一幅失邊的水墨。

阿婆說她活不過八十五歲，很久很久以前家鄉一個算命瞎子說的。後來阿祖被批鬥到死，連屍骨都不許埋葬，阿婆被趕到離家很遠的破磨坊裡，帶著還未成年的阿叔。

她開始數算日子，用最簡陋的方法。一天，十個月，十年，二十年，算到河水從陰鬱的殘石中流走，積累的土塊從牆緣一點一點崩頹枯槁。蝕朽的磨坊裡，青髮逐漸灰黯轉成蒼白。三十年，三十五年，四十年……直到腰再也直不起來，所有沉澱歲月裡的瘖啞恨怨愈磨愈淡。

不知從何時起，她常在夢裡逡巡往還。多少年前不告而別的長子，攜著當年的那只行李，回到四合院的天井前，她仍在洗衣，衣上的水滴流入土，緩緩納入夏日的蟬唱裡。她一抬頭，四十年前的夏天不知何時已回到眼前，她沒有老，兒子放下行李。說：「我轉來了，這幾十年，都是夢。」

•

你開始警醒著一切，讓夢的洪潮不致四處奔騰泛流。然而春日就要來了，你想著。

計程車外的雨絲彷彿厭倦了沉默，也厭倦了咬嚙與疼痛，在你關上車門的一刻。

窗外是父親，和父親攙扶著的阿婆。你隔著雨幕看他們，才發現父親也老了。

計程車在十字路口停下來，等雨裡的紅燈張開冷靜不眠的眼。

你去上班，父親陪阿婆去辦離台手續。車到忠孝東路，他們先下車。你在另一個世界裡，看父親和阿婆從眼前的斑馬線走過。雨刷把他們的身影一下裁切到左邊，一下裁切到右邊，龐大模糊的玻璃帷幕在背後。大廈們張著口，卻是靜默無聲。

你恍惚聽到阿婆的聲音在窄窄的車廂裡飄蕩著：「墓，都做好了，不要掛念我。」

•

你始終無法忘記她走出中正機場入境大廳的那一刻。夾雜在一群衣著光鮮亮麗的旅客當中，瘦小乾癟的她，其實是不容易被發現的……

卷三

漆黑的夢中樹

越界之旅

美國散文家瓊．蒂蒂安（Joan Didion, 1934-）在經歷二〇〇三年丈夫猝逝，獨生女隨後病亡的打擊，於二〇〇五年出版的《奇想之年》中，有一章提及了她感受到死亡的奇異片刻。那是她丈夫過世前的某年，一個晴朗燦爛的秋日，她沿著紐約曼哈頓第五和第六大道間的五十七街往東走時，忽然覺知自己領略了死亡的況味。那是因爲光線的影響：陽光輕快跳躍著，黃葉紛紛如雨飄落……，奇怪的是那兒明明沒有樹木。

而在這之前，瓊．蒂蒂安其實還做過另一個關於死亡的夢。她描述那是一個冰封的島嶼，有鋸齒般的山脊，就像從空中俯瞰海洋群島中某個小島的景象，這滿是冰雪的島嶼明淨澄澈，有著淺淺淡藍，在陽光下閃爍清輝。瓊．蒂蒂安說：「和夢見自己注定要死，卻尚未死去的夢境不同，這個夢裡並沒有死亡。這冰封的島嶼和五十七街的繁華墜落都格外清澈明朗，比我所能形容的更美麗，然而我心裡毫不懷疑，我看見的就是死亡。」

一生之中可以有多少越界的時刻？

任何一個自以爲醒著或夢著的人？

像我曾經寫過的一首詩，〈墳〉：

這世界終於
安靜下來了
愈老愈暗的山路上
化成嬰孩的誰
坐著
互相指給對方看
一百年前秋天的星星

山路不必是鋸齒狀的山路，我想像那樣一個靜美的世界，終於超越了混亂與恐懼。

化身

在暮色裡，她向歲月深深一鞠躬，頂禮，膜拜。姿態優雅，不爲人知。舞台太深邃了，遠遠超過觀衆所能拋擲的視野。因此，她彷彿是寂寞的……

那個午後，我行經暑熱的市集，與手執清蓮的她擦身而過。在嘈亂汗溼的人群中，她的出現霎時帶來些許清涼。我目送她安靜地穿越紅塵，消失在視野外，心頭不免一絲悵然。

然而就在我抵達下一座古剎時，卻見她虔誠地在佛前閉目。身前供奉的，正是那朵寂然行過市集的蓮。黃昏已近，夕陽斜篩著她的臉，像極一尊沉思的佛。我不免想起這世間千千萬萬的化身，肉眼所見，畢竟只是虛妄。

後來我搭機離開滿布佛寺的半島，回首陰霾的雲後，彼岸似有淺淺的梵唱流轉。眼前浮現的，是那朵清淨自持的蓮。

在死亡與喧囂的背面，
靜靜綻放……

大佛寺

往大佛寺的山路上，一隻狗急匆匆奔階而下，幾乎是一路彈摔到我跟前，牠看我一眼，仍沒有停止步伐的意思，又一路奔跌下去。這次我回頭看牠，牠倒是打住了，側身在其中一階，彷彿欲言又止。想說什麼嗎？在這詭異的午後。我往上看，路邊欄杆上盡是朱漆寫的佛語，我一張張拍下來。再回頭一看，狗早已不知何時消失了，四周又恢復了死寂。

冬陽靜好，我攜著那隻狐疑的狗影，向空無一人的階梯爬上去。不多時，路邊出現一株高秀俊美的菩提樹，兀自在風中款擺。

大佛寺裡供奉著觀音。往下走，崖壁上浮凸著兩個朱漆大字「佛心」，二字頗有些距離。我好奇再下去會是什麼地方？看來似乎有些荒蕪。順著布滿滑溜青苔的石階走下去，是一廢墟，一個人都沒有。

天色就要暗了，佛寺中的誦經聲也停了。

╲死亡，祂輕輕靠近你

忽然就想起小學五年級，有一個放學的傍晚，天下著雨，一片灰茫陰暗。我和同學簡一起回家，穿過每天必經的小巷。看著簡走在前面的鞋子，一步下去就是一個水窪，把鞋襪都弄溼弄髒了，走在後面的我突然厭倦無比。想到自己才十一歲，前面還有許多不自由的路要走，就覺得困乏極了。那是第一次，我想到死亡。

•

然而鏡頭並不全然是靜止的，有時攝影機也會跳開陰霾，來到亮晃晃的天空下。但那樣的場景畢竟不多，多半時候，我處在毫無創造力的課業環境裡，忍受日復一日的機械作息，想著身不由己的悲哀。那時候，我最羨慕家裡養的一隻土狗，牠不必念無趣的死書，看起來也不笨，想睡就躺在冰涼的地板上呼呼酣眠。

睡著的狗常常像死了一樣，一動也不動。我念書念到一半，瞥眼看到牠的模樣，有點擔心，萬一牠眞的死了怎麼辦？我悄悄走過去，蹲下來看牠。看到牠的鬍鬚輕輕顫動著，證明沒有死，我放心了，才又回到書桌前。有時候，我經過母親的房門口，看見裡面躺著睡午覺的母親，也覺得很陌生。睡著的母親是沒有表情的，她甚至聽不見我的呼喚。我躡腳跑到床前，看見母親均勻的鼻息，才安心去做別的事。

•

死亡與生命，眞的只有細弱的一線之隔吧。有很長一段時間，那團神祕的雲影，一直以不同面貌入侵我的生活。同學劉爲了嚇我，還不厭其煩地複述一些鬼故事，印象最深的一個是這麼說的：

某人租了一間平房，全新的，風景也不錯。第一天夜裡去上廁所，恍惚間後面有人遞來衛生紙，他高高興興用了，出了廁所才發覺不對。他來不及整理行裝，連夜奔往親戚家借住。隔日四處打聽，才知此屋並不乾淨。

其實我聽了這故事並不害怕，反而有點同情那個遞衛生紙的鬼，離開塵世了還得掛念人間種種。寂寞也好，開房客的玩笑也罷，至少我讀到的是溫情而非恐怖。幽冥兩隔，走在路上的行人卽使擦身而過，總還留下喜或不喜的眼神，至於那分屬不同世界的，往往是想看都無法如願的。

●

同樣是童年的另一個下午，我和簡在一處陰暗的迴廊裡奔跑，我落了單，在黝靜的長廊裡慢慢踱步。簡突然出現了，神情詭異地指著對面的一扇門，問我知不知道裡面是什麼？我搖搖頭，她附在我耳邊小聲說：「是太平間。」我不免震驚了一下，那是另一個世界，與我遙遙相對的，全然陌生的國度。不記得後來是怎麼走出那條長廊的。有時候，我甚至懷疑那幽暗場景只是兒時的一個夢魘。

當年外甥出世時，我詫異地看著他皺褶滿佈的小臉，覺得他好老好老，像是歷盡滄桑一般。幾年過去了，愁苦的小老頭長成光鮮可愛的男孩，這也讓我吃驚。生命的盡頭與開始都是一團謎吧？人說「老小老小」，以前不怎麼覺得，現在看著外甥從老變小，又看見高齡的外婆開始像小孩般打電話，也是從老變小啊！竟覺得有些感傷了。

若是眞有輪迴，何需幾生幾世？在短暫的一生一世裡，早已歷經無數次的幻化生滅。每一瞬間都有一個自己死去，每一個當下也都有一個自己新生。百千萬劫，此世都難以計數，何況是更加渺茫的前世或前前世。

在大英博物館，我曾看到許多絢麗的木乃伊，耀眼地陳列在大廳裡，屋頂透入隱隱天光，竟有種化裝舞會的錯覺。彷彿那些木乃伊正要趕赴一場盛宴，卻意外被定格在此，無稽的我闖進來，目睹了一場華麗的死亡。

•

然而死亡也有破敗的。另一具屍骨零散的遺骸，被擺在大廳正中央，委屈地蜷縮在玻璃櫃裡，據說他的年紀最長。眞是委屈吧？別人都如此體面驕傲，惟獨他寒愴不已，讓自己的窘態永遠曝露在陌生人面前。而熄燈後的博物館裡，那些高雅的木乃伊會不會群起指責他，怪他的醜態讓所有「人」顏面盡失？死了，也還有高下尊卑的分別吧。

小舅意外過世那年，炎炎六月天，大舅和母親在烈日下來回奔走，只因小舅的雇主不願負起賠償責任。幾次開庭出庭，大舅和母親都瘦了一圈。我想起小舅早年當海員時的瀟灑模樣，以及他在愛琴海畔拍攝的美麗相片。藍天碧海，遼敻無比。

然而小舅不是死在最愛的海上，回到陸地的他，在重重建築工地裡構築了後半生，沒有詭譎的波濤，平穩的大地依然奪走了他的性命。從高高鷹架上墜落的那一刻，小舅怨憾的，不知是不是那看似寬容的天空？

母親後來忍不住說：太平間裡的小舅像換了個人似的，她幾乎認不出來了。我想的卻是小時候在花蓮，躲在棉被裡聽小舅說鬼故事，說著說著「哇」一聲熄了燈，只有遠處的船笛還在嗚嗚低鳴。

也許，小舅只是到另一個世界去說鬼故事了。

其實誰也沒有真正報復過死亡

其實誰也沒有真正報復過死亡。

每天活著，總有比死更難的事要面對。

我也常常想起那個蟬聲初唱的五月，整整一個月，走很長的路去看F，他躺在一個永遠不必再醒來的地方。每天，反覆穿過一個又一個告別式的房間外面，有些場子盛大，十分豪華隆重；有些場子簡陋，只有禮儀社的人在台前念著制式的講稿，前面一排家屬沉默低著頭，像做錯事的小孩。

那是梅雨季，雨常常流成一條河。放晴的時候，豔陽下總會遇上搖鈴而來的道士，後面跟著穿黑袍的家眷。吹笛的人來了，來了。長亭外，古道邊，芳草碧連天，晚風拂柳笛聲殘，夕陽山外山。長長的一生被簡化。天之涯，地之角，知交半零落。成爲一張扁平的照片。

╲那一方靜默的陽光

那時候，我穿過安靜的長廊，初夏的陽光篩過天井。讓人恍惚以爲，一同在陽光裡走著的，還有那百年來不曾離去的魂魄。

與我一同覷著，悲歡交集的此生……

麗日

去陽明書屋之前，一個路人好心警告我：那裡蟲子很多，尤其是夏天，最好穿長袖，否則會被叮得很慘。我低頭看看自己的短袖洋裝，心想：來不及了。

想像的書屋，應該是像教科書般乏味。一直是這樣的，那些遙遠又熟悉的名字，曾經不斷出現在成長的歲月裡，無法磨滅，卻毫無感情。我甚至以爲，那只是有心人加油添醋的結果。

直到我站在那清淨無塵的玻璃屋前，面對一張英氣軒昂的遺照。他的手書。二十五歲。

麗日的青春，如何與晦暗的死亡並行？在慷慨的留言背後，難道沒有一絲猶豫不捨？對於生命，來日方長的歲月……

玻璃屋前，靜默的我。

是很遙遠了吧，那些年代，包括他來不及綻放的青春。如今都被安靜地收攏在一方玻璃中，永遠凝視庭前的綠意婆娑。

然而，眞是如此嗎？一直聽說有所憾恨的魂魄，都將生生世世漂流人間，只因宿願未了，難以往生極樂。果眞如此，那雙軒揚卻孤絕的眼神該已在世間流浪很久了。引爆血腥的一刻多麼短暫，肉身消亡後的綿長等待，卻教徘徊永夜的靈魂如何承受？

默默向前走去，才發現長廊上盡是一座座通透明淨的玻璃屋。同樣磊落的臉容，不一樣的手跡。有些遺物上的血漬早已變成黯淡的褐色，暈染著，像化不開的淚痕。令玻璃屋外的我悚然心驚。

生命的終極意義究竟是什麼？年少的我曾經一再發問。如今一步一風雨地走來，猛然回首，才發現疑惑未減，只是在歲月的磨蝕中逐漸淡忘了。而現在，面對一座座用光打造的屋宇，生命的晦暗與明麗共存，天地各在高遠的一方，無風無雨。

只有陽光，靜靜穿過了長廊……

雲霧

轉進會客廳時，人聲漸漸嘈雜起來。有人議論著老先生用過的文具，戴過的帽子，穿過的戎裝。「啊！原來他並不高。」有人說。

好奇的人群在大廳裡游走。我踱到一張桌前，一段用毛筆塗劃的文字吸引了我。顯然毛筆的主人書寫時心情並不平靜：

仰望淡水河的夜空，只覺寂寞，人生在世，不也像天上的一片雲霧，出現不久就消逝了⋯⋯

主人已離開人世多年了。我想起當年移靈時奏起的送葬進行曲，沉重節拍敲擊著沉默的大地。那時候，闔眼的他曾想起自己的這段文字嗎？

而更早的時候，仰望淡水河夜空的一刻，天地龐大的陰影，是否也曾落在他其實單薄的肩上？

我想像他寫完這段文字後擱筆長嘆的神情，無時無刻不在的紛擾，長夜疾馳的光陰。

平凡如我，在尋常歲月中泅泳時，不免也時時興起生命如寄的感慨。日日背負沉重包袱的他，仰視穹蒼，又何止落淚而已？

我想起那些年他的視力已模糊了，在輪椅上的他卻依然撐持慣有的微笑。而有沒有那樣一天，他在當時尚未開放的書屋中，也行經父親遺留的戎裝前，沉思默想：

「啊，原來他並不高。」

昨日的喧囂和孤寒。功與過。

穿透風雨⋯⋯

抬頭，才發覺正與他迎面相對，那是一張放大的彩照，幾乎與真人等高，依然是微笑著，環視空寂的大廳。

人群不知何時走了，嘈雜的餘音還在空氣中迴盪。我緩緩向廳口走去，再回頭凝視一眼，雲霧繚繞的大廳。眞的，一個人也沒有。

下山時，車子在不斷的彎路中險險行進。我仍在想著方才的場景，那些長駐山間的魂魄。窗外的霧卻愈來愈濃，好幾次司機緊張地說：霧實在太大，看不見前面了。我們在後面焦急探首，卻什麼忙也幫不上。

不知誰說：來唱歌吧。

柔婉嘹亮的歌聲輕輕響起，一字一句飄散窗外：

花非花，霧非霧。夜半來，天明去。來似春夢不多時，去似朝雲無覓處……

永遠的異鄉人

我的鄉愁，從來不是現實空間的。

二〇〇九年冬天，寒冷的蘇州運河上，我凝視兩岸滿綴的俗豔小燈泡，在水花中不斷一閃而逝。古城牆埋伏著暗影，布景般不眞實。忽然有人指著遠方城門說：「那上面就是當年伍子胥頭顱懸掛的地方。」兩千多年了，他的雙眼彷彿還瞪視著幽幽河水。靈魂最後去了哪裡？是否還執念著原鄉？

在時間的長河面前，所有人都註定是永遠的異鄉人。無論輪迴了多少次。世界像鳥籠一樣承載著肉身，膚色不一，以大小殺戮寫史。愛過，哭過，笑過，偶爾做著春秋大夢。有一天死了，被拋向荒野，化作虛空。無始無終的造物者只在籠外冷冷地讀取一切。或許，有時也悲憫籠中物的愚蠢。

這是我的詩〈鄉愁事件〉的原型，它和〈關於孤獨〉、〈孤獨手記〉都是我二十一歲的作品。許多年過去了，我的看法依舊不曾改變。聖嚴法師二

○○九年二月臨終的偈語一語道破：「無事忙中老，空裡有哭笑；本來沒有我，生死皆可拋。」這世界有太多緊抓著鳥籠不放的手，大鳥籠裡還有其他的小鳥籠。百分之九十九的人選擇（或根本無可選擇地）住了進去，因爲離開衆人皆坐的明亮鳥籠，去向暗暝的野地，將是多麼恐怖的事……。聖嚴法師明明是離開鳥籠的人，卻在自己的幽寂曠野裡，回身擁抱了這麼多的陌生旅人。他的精神教誨，穿透了〈鄉愁事件〉的荒涼原型，在多年後的今天，依然於我如天啓。

我愈來愈相信，生命需要理解與同情，文學更是如此。少了這二者，看來再輝煌的生命或文學都將只是一座廢墟。

而談到理解與同情，必然得回到〈鄉愁事件〉的另一個現實原型。在解嚴前的台灣、兩岸隔絕的年代，我的鄉愁是詭異地漂浮在半空中的。

打從有記憶起，我就知道曾祖父、祖父早在對岸「三反五反」時就被鬥死了。一位名喚玉階，一位名喚海如（多麼美的名字）。鄉親口中做過許多善事的兩人，經過許多凌虐，終於成爲飄蕩荒野的孤魂。我字典中的「凶殘」，必然是從那時認識的吧。

而作爲一個預見血雨將至，又因時局已亂根本回不了家的流亡學生。我的父親，在一九四九年秋天獨自跟隨補給艦（還是遠房親戚幫他安排才勉強擠上去的），身上帶著遠親給他的兩百元港幣，以及一本相簿一支口琴，在颱風天舉目無親地從高雄碼頭上了岸。他當然不會知道這個島嶼兩年多前發生了什麼事。而那時唯一作爲紀念的小相簿已被瘋狂的暴雨打濕打爛了，所有相片都黏在一起，故鄉的一切就此化爲烏有。

父親在四顧茫茫的碼頭，意外遇到已先來台灣的一位同鄉，在同鄉處借宿幾天後，帶著僅有的兩百元港幣，又獨自搭上前往另一個陌生城市花蓮的火車……。他後來在陌生的台灣娶妻生兒育女。我出生的故鄉是他的異鄉，他的故鄉卻是我的異鄉。這種糾結，在那個年代長大的「外省第二代」，想必不會陌生。

〈鄉愁事件〉裡那個旅人的形象，確實有一部分來自父親。這種「浮在半空的荒涼」，是他的，也是我的，或許更是那年代千千萬萬或不知故鄉何在的人的寫照。我想，再也不會有一個地方，有一個時代，在如此小的島嶼上，混雜了那麼多口音，那麼多鄉愁，在各自的夢醒時分，尋找一條回家的路。

二〇一九年春天，陰雨綿綿的某個早晨，父親忽然想起什麼似的，從抽屜中取出一個小盒子。盒子已非常陳舊，卻保存得十分完好。打開一看，原來是那支「傳說中」的口琴，七十年了，琴身依然閃閃發亮。父親擦拭了一下，開始吹奏，曲音悠揚婉轉。他神情專注，彷彿回到了當年。那是中學時參加校際口琴比賽得到第一名的曲子〈燕雙飛〉：

燕雙飛，畫欄人靜晚風微，記得去年門巷，風景依稀，綠蕪庭院，細雨濕蒼苔，雕梁塵冷春如夢……

我卻想起父親曾經給我看過的，他十四歲寫的一首故鄉的詩：

山茶花的清香
飄蕩在廣袤的原野
山鷓鴣的啼聲
剪斷了古老的峰巒
白雲在藍天游蕩游蕩
蒼鷹在翠谷中遨翔遨翔

我也想起了，許久不曾浮現的一張臉孔。

我寧願記得祖母很老的時候那張平靜堅毅的臉，她一生遭受那麼多的痛，卻沒有恨過任何人。關於理解與同情，我要向她學的還太多太多。而父親第一次重返故鄉，就是奔我祖母的喪。喪禮結束後，父親特地去看了我曾祖父玉階公當年一磚一瓦興建捐贈的小學。那日有雨，課堂裡傳來孩子們的朗朗讀書聲。

父親後來再也不願回故鄉一次，我完全可以理解，那已不是他的故鄉，那只是一塊傷心地。

要放下感情的「執」，何其困難。否則，鄉愁也就不可能存在，情執情釋，多少文學寫的，不也就是這些？雖然時間的長河終究會把一切化爲烏有……。在那烏何有之鄉，方是自由的眞正所在。

海潮·夜與日

那個黃昏，雨落著。我從書房窗口望出去，父親在漸暗的天色裡貼著春聯。仔仔細細地，將四個角貼得平平整整，像小時候一樣。那是一張家譜，貼在雨聲淅瀝的夜霧上方。

小時候夜裡起床，經過客廳，就會和祖父母的照片對望。那是父親請人將手邊唯一的父母相片放大，手繪而成的。平靜的面容，像是與我見過千百次般的熟稔。

其實祖父那時已被鬥死多年了。對照相片裡的安詳，彷彿是一種強大的諷刺。

活下來被掃地出門的祖母，用另一種更屈辱的方式苟活在廢棄磨坊裡。日復一日。

許多童年的夜晚，我在寂靜院落裡凝神諦聽，遠方隱隱有尖銳汽笛破夜空，朝嘉南平原呼嘯而去，割裂了四野：「是不是那邊的人過來了？阿婆呢？還要在那破屋裡待多久？」一切都模糊曖昧的年代，以我的揣想，那邊的人是可以利用任何方式過來的，像陰冷難測的水。

儘管事隔多年，我依然能輕易辨識那潮濕的滋味。一半隨著暗夜潮水，不斷朝彼岸漂流，卻搆不著邊；另一半是迎風滋長的稻田，高屏溪流過腳下，伸手可觸的美麗鵝卵石，朝陽從那裡昇起。夜，與日的矛盾。

有段時間，我主動參加父親的同鄉會，加入他們的口述歷史，才發現並不單純。同樣是客家人，一九四九以前來的被歸類爲「本省客家」，一九四九以後來的則是「外省客家」，雖然他們之間可能只有二十年的差距。確實可笑吧，我心中暗想。再往前推呢？那是父親隻身在高雄港上岸時的四顧茫茫，以及他腦海中藏著的一張家譜。小時候我背過，始終忘不了的名字。

把兩邊臍帶用力分開的，當然不是洶湧的海潮。二十一世紀了，自由仍像小舟，隨時可能傾覆。

我想起曾爲「六四」二十五週年寫的，其實也是爲祖父和曾祖父寫的，〈天空與釘子〉：

如果天空降下了釘子
在死者喉嚨開出了花

那些輕盈深處的
萬事萬物

也有一處亡者的湖泊嗎
倒映出如鏡的靈魂

彷彿初生般的
從未與這世界發生糾葛

那釘入歷史深處
散入湖底的一切幽靈

也會唱出優美的歌嗎
在每一個失語的深夜

釘子會不會終於柔軟
變成水草托住
每一場善良的夢境

是身如夢

再過一會兒陽光就要西沉
帶走祂在窗簾上的彩繪
坐在空蕩的屋裡我想起很多

我的家人
時間不著痕跡偷走了他們

他們的步伐
他們的笑聲
他們的撤離

彷彿有一年夏天
留在樹梢的最後一隻蟬
蟬和龐大的影子
終於被温暖的黃昏包覆

1.

到現在我還清楚記得，小學第一天上課時，爸媽一起送我到學校的場景。我們三人坐一輛三輪車，我坐在爸媽中間。車伕緩慢騎著，一直騎到校門口，上小斜坡，通過陰暗的穿堂。終於下車了，我走進教室，找到自己的座位。把書包掛在課桌右側，書本鉛筆盒拿出來擺好。過了很久，上課鐘終於響了，我望向窗外，爸媽還站在那裡，一動也不動地望著我。我向他們揮揮手，他們才轉身離開。

幾十年過去了，有一天我忽然想起這件事，問爸爸，爲什麼那天你們在外面站那麼久？爸爸只淡淡地說：「怕你第一天上學不習慣。」

其實我從沒習慣上學，始終無法適應只有打鐘、上課、考試，總是要求集體行動的地方。父親不一樣，他是那種從小就第一名的模範生，永遠當班長，永遠第一個進教室。爲什麼有人這麼熱愛上學呢？眞是奇怪的事。年少時我總這麼想著。

這點母親就和我比較像，她也討厭上學。那時她和外婆一起住。常常到了學校，椅子還沒坐熱，就把書包收一收，逃回家去。外婆很生氣，用雞毛撢子把她打到牆角。

其實母親的外婆很疼她，九歲了還揹在背上，鄰居看了好笑，外婆就說：「剛睡醒嘛。」母親後來還是逃學，外婆沒辦法，只好把她送回南口老家。母親下面有七個弟弟，她的親娘每天忙得團團轉，哪有時間管這個大女兒。母親那時候常常一個人搬張小凳到院子裡坐，半天不說話，想念外婆。

母親的外婆生了五個女兒，只留下一個大女兒，就是我外婆。其他四個都是剛滿月就用毛巾包起來，菜籃裝著帶到菜市場，誰要就提走。奇怪的是，她們長大後又會自己找回來。其中有一個母親叫她「英嬌姨」，「英嬌姨最常回來看外婆。」母親說。「她們難道不怨恨嗎？」我覺得不可思議。「好像也沒聽她們抱怨過，那個年代大家都這樣。」

我曾經和母親回過一次她小時候住的外婆家，叫做「侯屋」，侯是她外公的姓。那是二〇一〇年冬天，我們去的時候，侯屋早已人去樓空了。我在屋內到處走著，因爲有人定期打掃，並不顯破敗，但就是嗅到一股荒涼味。有間房還留下一面大鏡子，貼了囍字，不知是多久前的事了。

母親說，侯屋最熱鬧的時候曾經擠進七、八戶人家，洗澡還要提個小桶子排隊。那是中庭一間很小的水泥房，剛好夠一個人站著。我在外面，看冬陽停駐老牆上，想像七、八歲的母親排隊的樣子。「一個小桶怎麼夠洗呢？」「大家都這樣啊。」「而且哪有什麼自來水，都是自己到很遠的河邊挑水回來，水很髒，還要用明礬來沉澱。」母親小時候身上常常長瘡，都是因爲這個緣故。

侯屋現在歸母親的表妹阿月娥管，爲了讓空蕩的老屋有點人氣，她讓棋社的人一週免費來一次，順便幫她打掃。阿月娥十幾歲時曾被下放勞改，每天挑很重的石頭。她後來嫁給一個共黨高幹，生活才改善。然而年輕時受到太多折磨，導致她現在仍被失眠所苦，半夜睡不著就在屋裡走來走去，她戲稱是「放哨」。

回台前一晚，阿月娥帶我和母親去看一件珍品，那是母親外婆的嫁妝，紅檜木衣櫥，超過一百歲了，色澤依然鮮亮。母親說她小時候看過這衣櫥，沒想到還能再見面。

2.

其實那一趟我和母親也去了父親的老家。我們原本打算叫一輛出租車，從梅縣坐到大埔。阿月娥不放心，特地請小叔過來，全程陪我們。我帶著父親給的一張老家照片，是曾祖父親自設計的徽式建築，十分古樸清雅，「南嶽聯輝」也是他取的名字。

車子開了一個多小時，經過幽靜如夢的韓江，終於到了大埔的胡寮鎮。然後就要上山了，司機也不認得路，只好在路口拿著照片，逢人就問這地方怎去？居然所有人都搖頭。問了半小時，幾乎要放棄了。一輛白色轎車主動停下來，問我們要去哪？司機把照片給他看，他立刻說：「你們車子跟在我後面，我帶你們去，到時候給我五十元帶路費就好。」

車子在山路上左彎右拐，愈走愈荒涼，我和母親在後座，一直緊盯前面的轎車，心裡卻很毛，萬一他是壞人怎麼辦？如果他突然下車行搶怎麼辦？我心中忐忑，卻不能說出來。

就在我的疑慮到達頂點時，一個轉彎，前面豁然開朗。山坡那頭，不正矗立著和照片裡一模一樣的徽式建築嗎？雖然老舊了，依然不減丰采。帶路的人下車收了我們五十元人民幣，還來不及道謝，老建築裡忽然跑出三、四個小矮人，前呼後擁地叫母親「把ㄇㄟ」（伯母），拉著母親進去了。我跟在他們後面，走進照片中看過不知多少次的石牆大門，想像年幼的父親裡裡外外跑來跑去的樣子。

他們聊天的時候，我在老屋裡走著，拍了很多照片。「啊這就是南嶽聯輝了。」父親說過，十二、三歲時，祖父玉階公爲了讓他專心念書，特別把南嶽聯輝的一個房間空出來給他。夏天念書累了，就躺在冰涼地板上，看著高高的天花板。家人都到田裡去了，日光炙烈。除了斷續的蟬鳴，四周異常安靜，他心中卻莫名不安。是預見了祖父和父親後來被鬥死，祖母上吊自殺的畫面嗎？

我在老屋中走著，試著尋找父親當年讀書的房間，正午的陽光漂浮，我卻聞到了淡淡的血腥味。

我走到右手邊，牆上被紅漆噴了「團結緊張　嚴肅活潑」八個大字。字下面是一大團胡亂塗的紅漆，不知掩蓋了什麼，怵目驚心像血。

我在牆下定定看著，正午的冬陽將影子切割成好幾塊。死去的魂魄，也像這些陰影一樣，時常回到故里，徘徊不去嗎？

我想起卡繆的異鄉人說，他殺了人，卻說一切都是因爲陽光過於強烈的緣故。

也想起詩人楊牧鉛錘般的詩句——

「但其實我並未真正死去」
他揶揄說道，對我：「我走過……
一座廣大的廢墟，野草
和麥苗雜生……」知更鳥跳躍
在乾涸的水井轆轤，烏鴉聒噪
而我不知道你死了沒有，我陪你
走過無邊的廢墟，即便死去
我知道，你也還將活著回來

父親的記憶力非常好，十幾歲就離開老家的他，卻能清楚背出當年玉階公寫的門聯。正廳右迴廊聯是「粒米皆由辛苦得　寸絲豈是等閒來」，左迴廊聯是「一粥一飯當思來處不易　半絲半縷恆念物力維艱」；左右石柱聯是「一念之善　福雖未至　禍已遠離」，「一念之惡　禍雖未至　福已遠離」；外大門聯是「國恩家慶　人壽年豐」；內大門聯是「環抱青山　蒼松翠柏」，「耕耘大地　時雨春風」；他的房門聯是「好消息幾時來　春月桃花秋月桂」，「實功夫何處下　三更燈火五更雞」。玉階公沒受過正規教育，所有學問都是農忙之餘自修而來，且對唐詩宋詞情有獨鍾，「玉階」就是他為自己取的別號。父親受他的影響，從小就讀了許多古書和詩詞。而父親也和玉階公一樣，寫得一手好字。

父親回憶裡的玉階公，早年外出種田時，總是穿著整潔的外出服，到了農地，立刻換上千縫百補的工作服。收工時又換下工作服，換上外出服，數十年如一日。父親小時候不解，問他：「工作服那麼破了，為什麼不換一件新的？」玉階公總回答：「衫可以破，人不可以爛。」

父親說，玉階公一生節儉，做公益卻非常慷慨。施米，施粥，造橋，鋪路，建學校，從沒吝惜過。如果不是因爲血腥浩劫，這麼良善的人，應該是可以安享晚年的吧？

玉階公被鬥死的那年，已高齡七十七。許多他幫助過的鄉人都爲他求情，共幹卻以「惡有惡霸，善有善霸」一口回絕，將白髮蒼蒼的老人凌遲至死。玉階婆不堪逼迫，上吊自殺。不久後，他們以「善霸及反動份子親屬」的罪名，鬥死了也行善多年，年方五十的我祖父海如公。

這當然不會只在一九五二年「三反五反」的中國，用驚人數字堆疊起來的無數屍首中的其中三個。所有能記憶的年份都可以依此類推。

蘇珊．桑塔格在《旁觀他人之痛苦》裡早就寫過了：

圖一：戰俘被兩名北聯士兵一人抓臂，一人揪腳拖走。圖二（鏡頭很近）：已遭包圍，他一臉惶恐，正被拉起站立。圖三：死亡的一刻，他仰天躺著，赤裸的下半身染滿鮮血，聞風而來的軍兵及暴徒痛下殺手把他解決了。每個上午你都需要以極大的自制力來看報上的記錄，因為那些圖片實在太令人怨慟。然而不論希克斯的照片激起了多少憎惡和憐憫，你都不該忘了追問：還有哪些照片，誰的暴行，哪些死者，不曾被傳媒披露？

玉階公、玉階婆與海如公死後，他們把我祖母和叔叔趕出去。省吃儉用一輩子，一磚一瓦打造的家，從此變成了莫名其妙的「衛生站」。

這麼多年過去了，我總想著，玉階公在荒誕人世的最後一刻，會想起自己親手寫過的「國恩家慶　人壽年豐」嗎？還相信「一念之善　福雖未至禍已遠離」嗎？

3.

其實也還是有過短暫靜好年豐的時刻。更早以前，父親的童年，夏日環抱青山的傍晚，老虎會到村外高高的巨岩上曬太陽。收工的大人，嬉耍的小孩，這時候會靜靜看著遠方山崖上的老虎，在夕照中將自己的毛色曬得閃閃發亮，像夢一樣。沒有人會去追捕獵殺老虎，因為沒有必要。

因為如夢，所以極其倏忽。

父親最後一次在故鄉看到老虎，是念縣城中學返家的山徑上（應該就是多年後我和母親尋去的同一條山路）。

夏末的黃昏，老虎蹲踞在前方五公尺處看他，毛色一樣閃閃發亮，雙眼放射出手電筒般的強光。父親慢慢蹲下來，漸暗的山路上，與牠對峙許久。一分一秒過去，父親心想這樣下去不是辦法，在暗暗的荒徑上摸到一塊石頭，抓緊它，忽然站起來，作勢要向老虎丟去。老虎一驚，騰空躍起，後退半步，幾秒後轉身，消失在昏亂的樹叢中。

像是一個再也回不去的時代的結束。

一年後，父親帶著簡單的乾糧和一點紀念物，翻山越嶺走向未知。看不見的命運，一條細細的繩索。

如果當時留在故鄉，父親說，一九五二那年他必然就已不在了。

也就不會有母親和我尋去的故事。

不會有他和母親在教室外靜靜地看著我。

是身如夢。

父親寫著，

那是夏日黃昏的山色。

／日落，在北方大道

傍晚六點，你到父親的房裡爲苦丁茶加熱水，颱風的雨勢漸歇，滴滴咚咚打在遮雨棚上。不知哪戶人家正烹煮著滷味，氣味飄散化入雨中，你深深吸了一口氣，好香啊。黃昏從雨幕中一絲絲滲進來，你抬頭看了一眼日曆，才想起，今天是二姊離開整整六年的日子。離開的人，就永遠不會更老了。

從前二姊總在固定的時間打電話回家，問你們好不好？她的聲音始終那麼好聽，彷彿永遠也不會老。如今你的年紀，都已成爲二姊的姊姊了。對於這個多年不見的妹妹，你很想問她「過得好不好？我們都很想念妳。」

•

二〇一三年夏天，你和母親在紐約住了十八天，不是因爲旅遊，是爲了帶二姊的骨灰回來。去的時候盛夏，離開時已有北國秋天的涼意。也一直到離開前，你才知道浴室牆上掛著的點滴瓶是貓咪 Cooky 的，不是二姊的。

Cooky是一隻患了憂鬱症的流浪貓，你從沒親眼見過她，只知她總是坐在廚房幽暗的一角，神情愁苦。你們到紐約時，Cooky已經不在了。廚房墨綠地板上擺著乾淨的水，和四隻貓的飯碗，分別是Sinba、Angel、Bibi和Mical的，四隻都是繼Cooky之後，二姊從外面帶回來的流浪貓。二姊最愛老大Sinba，但你卻覺得她最像Angel，因爲Angel最美，更因爲二姊個性善良，彷如天使。

二姊很美，一張鵝蛋臉，五官細緻清秀。學士照曾被政大對面的相館當櫥窗宣傳，放了好幾年。她政大新聞系畢業後，立刻被延攬到China Post當記者，英文說寫流利的她，深得社長器重。後來二姊要到美國念研究所，社長很捨不得，還特別設宴餞行，告訴她拿到碩士要立即回來，報社等著她。

三十年過去了，二姊終究沒有回來。

二姊過世後不久，你夢見她坐在老家客廳裡，望著牆上自己的學士照，神情落寞。四周牆壁都剝落了，燈光異常昏暗。

這是一個失敗的生命故事嗎？

在最後幾年，二姊的生活幾乎只剩下流浪貓。每日黃昏出門餵貓，直到半夜才回家。紐約治安敗壞，天黑之後街上就少有人跡，更何況是半夜？許多年後你才知道她曾遇到一個自稱警察的歹徒，跟隨她到家裡，門才關上就意圖對她施暴，二姊情急之下差點從七樓窗口跳下。後來好不容易掙脫，衝出家門，歹徒又在後面緊追不放。二姊在深夜公寓的長廊裡狂奔，拚命敲著每扇緊閉的大門，終於有一戶人家打開門讓她躲進去。凶狠的歹徒回到二姊住處，把所有物品砸得稀爛才揚長而去。

當你再度踏上這條迴廊時，二姊已經不在了。有幾次深夜你刻意走入這裡，家家戶戶大門深鎖，幽暗無聲，分明是噩夢才有的質地和色澤。你倚靠在牆上，定定凝視這午夜的詭夢，彷佛二姊的身影仍在這暗無盡頭的長廊上狂奔，敲門。而無人應答。

異國的孤獨究竟是怎樣的孤獨？你想像二姊從黃昏到深夜敲著罐頭在異國街頭呼喚流浪貓的樣子；想像她獨坐窗前，看拉瓜底亞機場的飛機掠過晚霞絢麗的天際；想像她開門、關門，看見一屋子的黝靜。

因爲太孤獨才與流浪貓爲伴嗎？你在二姊闃靜的屋裡，一回頭，就看見四隻貓分踞四個角落，無聲地望著你。你從沒聽過牠們發出任何聲音。沉默得彷彿與這世界沒有任何關聯。

沒有關聯的豈只是流浪貓？二姊的留學簽證早就過了期，沒有固定工作又沒有永久居留權，這意味著一旦美國政府查到，就會被驅逐出境。但只要二姊不離開美國，政府當局也就睜一隻眼閉一隻眼。「回台灣吧！留在那裡有什麼意義？」你不只一次勸她。

你們這一代人，求學時正是兩岸最緊張的年代，中共血洗台灣的傳聞從來沒停止過。留美後想辦法找到工作，申辦永久居留權，再幫家人申請綠卡。留在美國彷彿是最安全的。大姊、姊夫，舅舅、舅媽，都在那個年代到了紐約，也找到安身的工作，落了腳。然而二十五歲那年你在紐約待了一個夏天，就確定自己不可能喜歡這個城市，以及這個國家。

二十八歲那年秋天你第二次到紐約，爲了採訪紐文中心的啓用典禮。你一直記得那天記者會後，發完稿，遠遠便看見從法拉盛搭了近一小時地鐵的二姊走來，右手袋子裡裝著她特別爲你做的巧克力餅乾。那時拿到新聞碩士的她一直沒有適合的工作機會，居無定所又不願回台灣。每隔一段時間就搬一次家，當然是租房子，租最便宜的房子。你在採訪空檔去了一下她的蝸居，她和兩個韓國人分租的小公寓。韓國人不准她用廚房，她趁那兩人不在時「偷偷」去廚房做了甜點帶給你。「憑什麼不准妳用？妳就用啊！」雖然是姊妹，你和二姊的個性完全不同。

你一向不愛甜食，卻始終無法忘懷那天的畫面。你也一向不愛紐約，雖然它總有看不盡的藝文展演。多年來眼看它從盛極到衰敗。除了治安差，早就老態龍鍾的地鐵，如今更加破舊。月台上有醉鬼流浪漢，軌道上有奔馳的老鼠，夏日滯濁悶熱不堪，而且沒有廁所。在那裡你總想念台北光潔明亮的捷運洗手間，到了紐約，才深深體會台北的好。以爲理所當然的潔淨，其實是多麼幸福奢侈的一件事。

•

幸福是什麼？你從沒問過二姊。

你也從沒忘記這一天。二〇一三年七月二十六日，溽暑的第五大道，穿越重重爲仰慕夢幻城市而來的觀光客，終於找到那不起眼的門牌號碼：駐紐約台北經濟文化辦事處。你早已不是記者。來這裡，是爲了辦妥手續，才能把二姊的骨灰帶上飛機。漫長的等待中，恍惚間你又看見二姊提著裝滿巧克力餅乾的提袋，從遠遠的那端走來。烏黑長髮映在敞亮陽光裡。

一直一直走，就會和過去的時光重逢嗎？

終於從辦事處出來，盛夏陽光亮得扎眼，你獨自穿過喧鬧的遊客，緩緩走著，不想立刻搭地鐵回住處，往事卻連番來到眼前。記憶中來了這麼多次紐約，竟沒有一次是和二姊同遊第五大道的。除了此刻。袋子裡一張薄薄的死亡證明書。

沒有特別目的，無意間已走到了紐約公共圖書館。高大沁涼的建築裡正舉辦童書與繪本大展。你信步走進一間空寂的展室，牆上只有一幅巨大插畫，畫中一個小女孩靜靜飛翔，裙襬飄揚看來如此快樂，下方則是燈火燦爛的紐約城：「Dreams never seem too big in a place like New York.」。你站在畫前，一遍一遍看著這段文字。良久，終於模糊了雙眼。

回台灣的前兩天，你的眼睛忽然紅腫不堪，點了隨身帶的金黴素，狀況卻愈來愈糟。眼看再這樣下去可能無法上飛機了，只好就近找了一間華人父子開的眼科診所。掛了號，等了四小時才叫你過去。護理師指著一台機器，要你先去做檢查，你問：「做什麼檢查？」她說：「看有沒有青光眼。」你又問：「費用多少？」她說了一個數字，你立刻回答：「不必了。」她說：「不擔心眼睛可能失明？」你說：「沒關係，明天就要上飛機了，回台北再去看眼科。」進到診間，冷冷的兒子醫師再度要你做昂貴的檢查，你把剛才對護理師說的話又重複了一遍。遊說不成，兒子醫師的態度更加冷淡，開了單子讓你去領藥。櫃台人員給了你台灣藥局都買得到的，一瓶三十元台幣的眼藥水，然後說：「這次看診費總共只要九十美元。」

終於踏出診所，早已超過和大姊約定在殯儀館見面的時間。你快步穿過人潮擁擠的 Main Street，夏末的悶熱把下水道的腐臭全部蒸騰上來，混雜著各種廢氣，令你暈眩欲嘔。腳步卻不能停歇，匆匆趕往殯儀館所在的北方大道。

殯儀館早已關門了。陌生的大街上，遠遠的，大姊正提著一個墨綠的盒子向你走來，盒身用美麗的緞帶繫著。北方大道的夕陽就要落下，金色光芒刺得你睜不開眼睛。

你接過沉沉的盒子，走過長長的好幾條街，夜色昏暗時，才回到二姊住處，將盒子放在她的床頭。這是二姊三十年來在紐約的最後一晚了。你望著窗外依稀的燈火，一切是那麼安靜，只有偶爾拉瓜底亞機場的飛機劃過夜空，打破了沉寂。

二姊這時也靜靜看著夜空嗎？還是想對你們說些什麼？空蕩的屋裡，你輕輕唱起那首歌。二姊和你年少時都愛的：

Hallo darkness my old friend. I come to talk with you again. Because a vision softly creeping. Left its seeds while I was sleeping. And the vision that was planted in my brain. Still remains. Within the sound of silence.

•

臨上飛機前，母親拿出在台北買的湖水綠大絲巾，把盒子包起來。二姊愛美，湖水綠的衣服適合她。

二姊終於要和你們一起回台灣了。

昏睡十幾小時，從桃園機場出關時，天色濛濛未明，父親早已在接機大廳守候多時了。前一天他才獨自過了父親節。

上了計程車，父親坐前座，母親和你、二姊在後座，直接開往大溪寶塔寺。半年前你們才在同一條路上送別了哥哥。你想起更久以前，這是全家過年總要走的路，那時沿途都是芒花，映襯著一家人的笑語。彷彿還是昨天的事……

父親默默看著報紙，是副刊。你瞥見了斗大的標題——〈讓青春嬉戲在墓門之外〉。車子已接近大漢溪，朝陽在溪谷間徘徊，金黃的色澤，就要入秋了。母親望著窗外，始終沒有說話。你接過父親遞來的報紙，一下就看到這段：「當我死去的時候，親愛的，別爲我唱悲傷的歌……讓蓋著我的青青的草，淋著雨也沾著露珠……」

•

兩年後的初夏，母親住院要做肺部穿刺的前一晚，睡在一旁的你擔心會有危險，一直無法入眠。模模糊糊中你看見也穿著病人服的二姊，長褲又大又寬鬆，都穿到喉頭來了，模樣很滑稽。二姊一句話都沒說，只是對著你一直一直笑。當時你想，母親一定可以安然度過難關的。

後來你回想起這個意味深長的夢，還是覺得二姊並沒有騙你。或許因爲她知道就要見到母親了，所以開心吧。

送母親遠行的那日，冬天的陽光穿透雲隙。一樣的山路，一樣的金黃溪谷，這次你抱著母親的骨灰，想起她堅持要和你一起去紐約接二姊回來的那個如夢夏日。而這條路，你們一走再走，愈來愈像一場空蕩的夢。

母親走後，你夢見她無數次，卻從未同時夢見她和二姊。只有一次，母親開車載著你和二姊（但母親從來不會開車的啊）。空曠昏暗的大街像極那條北方大道，二姊不知為何打開車門，掉下車，落單了。你在後座急忙要母親停車，母親卻充耳不聞，繼續往前開。你回頭凝望在北方大道上奮力追趕你們的二姊，她的身影愈來愈小，表情愈來愈模糊，終於消逝在視線之外。

你在夜深的房間裡醒來，望著漆黑一片的遠方。想起很久以前，二姊剛到美國的時候，有一次她打電話回來，說夢見你在夢中取笑母親的客家國語，嬉笑著，嬉笑著。

然後她就醒了……

蝶影

第一次和周公見面，應該是一九九七年夏末，實際日期記不得了。那天是副刊辦的一個小型詩人座談，地點就在報社一樓的咖啡廳，談什麼也忘了，但我卻永遠記得周公在我筆記本裡寫下的兩行字。

那天周公早來了一小時，我去樓下接他，兩人就先到臨窗的位置坐下。坐定後周公忽然問我，你有沒有紙筆？我說有，拿出隨身的筆記本和筆，翻到空白處，周公就寫下了「春風大雅能容物，秋水文章不染塵」。大雅是《詩經》，秋水是《莊子》，上下聯對得眞好。我彷彿在哪看過，卻沒留意出處。周公微笑說，那是清朝書法家鄧石如掛在家中的一副對聯。後來我們又聊了點日常，座談就開始了。

那次座談，周公幾乎沒說什麼話。會後我想送周公去搭車，他堅持說不必，轉身一個人飄飄然走了。

那年秋天，某日我在上班時接到國家文藝基金會G先生的電話，說周公得到第一屆國家文藝獎，要幫他出傳記，周公希望由我來執筆。那時我正準備出版《逆光飛行》，平日工作也很忙，實在無法接下這吃重的任務。G先生在電話中和我談了許久，我雖感抱歉，也還是只能一再懇辭。

匆匆數年過去，因爲某些機緣，我在上班之餘又回師大念研究所，其實也不是爲了學位，只是單純地想充電。論文題目毫不猶豫擬定了「台灣現代詩自然美學」，且在三位研究對象中包括了周夢蝶。周公知道我寫他，很高興。後來論文完成，要出版了，還在封面用毛筆寫了書名。

我一向獨來獨往，少與人交，並非刻意如此，而是個性使然。即使論文寫了周夢蝶，後來也幾乎沒再和他聯絡。只有一次受報社老同事之託寫訪問稿，終於踏進被周公稱爲「曠野」的新店居所。那是二〇〇七年的事了。

周公對那次的訪談非常愼重。我寫好後用限時專送寄給他，他看過後又用限時信寄回來，雖然只改了一個字。

文章後來登在報紙的週日特刊上，還用周公的照片當封面。因爲我先打了電話告知，當天一早他就去便利商店買了五份報紙。周公後來打電話給我，說一進便利商店，店員就大聲講：「你上報了！照片登這麼大！」我一直記得周公在電話裡靦腆又開心的笑聲。

這件事我後來就淡忘了。前陣子整理電腦檔案，發現當年訪談的稿子，往事歷歷又重回眼前。

我也想起二〇一四年初夏，去了周公的告別式。回來時經過榮星花園，園裡的花草正要迎接盛夏的到來。我一個人走在小徑上，忽見一枚嫩黃小蝴蝶，飄飄然在暖陽下，前前後後飛舞著，一直到了捷運站入口。我停下腳步，目送小蝴蝶愈飛愈遠，終於消失在陽光裡。

全文附錄於此，作爲紀念：

霜降那天下午，我來到周夢蝶新店的寓所。十五坪大的空間，少了隔間與長物，因而顯得清淨寬敞。向西是一大扇角窗，望出去，前方兩座高樓中間，竟有如畫似的山嵐雲影，頗有柳暗花明的況味。而明亮的窗前，就是周公的一張大書桌，桌上早已擺好三大碟的南瓜子、帶殼煮花生和去皮去籽切得工整的紅西瓜。

窗明几淨，又有豐盛美麗的點心水果，在和暖秋陽下，讓人心情格外愉悅。看著眼前的周夢蝶一派閒適，不知情的人，大概很難想像今年初他才因一場大病，整整住了二十一天的院。周夢蝶就是這樣的人，即使病重如此，也不願多麻煩別人，知道他生病的朋友少之又少。出院後至今，還得按三餐吃藥。我問周夢蝶三餐都吃什麼？他說自己煮麵或到樓下整條街都有吃的，很方便。但其實經濟不寬裕的周夢蝶老花又近視，這幾年聽力也減退甚多，加上病未痊癒，不論料理生活或出外採買，一定都有許多不便之處。我看著桌上豐富的餐點，不禁有些歉然，這些，不知花了他多少的準備工夫？而這也的確就是周夢蝶，即使簡單到近於「苛刻」自己，也要對朋友盛情相待。

若從命理的角度來看，天機、天梁坐命的周夢蝶，似乎完全符合這樣的人格特質——天機思慮周密、天梁慈悲為懷。但其實天梁還有一個特質，那就是老氣橫秋，我想起周夢蝶很久以前說過的，他從一出生就是個小老頭兒，不禁莞爾，那活脫脫就是天梁的樣貌啊！文學與佛學，交織成周夢蝶的人生網絡，而命運和推翻命運，則成為他生命中一再上演的悲喜劇。儘管紫微命盤一語道出周夢蝶的性格，而所謂「性格決定命運」，他自己究竟相不相信「命中注定」這說法？

「命運是可以全盤推翻的！」周夢蝶斬釘截鐵地說。早在他十幾歲時，就有算命師說他五十七歲時會有一小關，如果過得了，便可活到七十二歲這大關，七十二之後呢？算命師沒說，言下之意，就是他認為周夢蝶過不了後面這關。但事實上，周夢蝶七十二歲那年不但平安度過，如今更已八十七高齡。而其中的重要關鍵，就是他在五十歲那年接觸了佛法。「如果始終不曾踏入佛學的殿堂呢？還能翻轉命運之手嗎？」我好奇地問。周夢蝶沉思半晌，說：「很難講，說不定就被算命師說中了。」

周夢蝶認為，人的一生是由「因、緣、果」三者造成的。「因」是種子，「緣」則是助力，親疏遠近都可納入助緣的範圍，因緣結合，最後才造就了果。而為何算命的總是說過去的準，說未來的則未必。正是因為過去的一切都是「定業」，既已定，當然無法改變；但未來既然未定，當然就有機會改造。周夢蝶舉他最近給朋友的題字為例：上聯是「事在人為，命非天造」，下聯是「閃電有多長，意志就有多長」。上聯取自傳統說法，下聯則來自詩人趙衛民的詩句。周夢蝶說，所謂「事在人為」，就是用自己的意志和智慧來改變命運；至於後二句，因為他自己一直是個意志薄弱的人，看到如此雷霆萬鈞的詩句，其震撼自然非同小可。我想，周夢蝶一生歷經無數試煉，命運不斷拋出難題給他，他卻總能化為養料，在詩境上愈益清明透澈，不也是他日日身體力行這兩聯語錄的結果？

許多人聽說周夢蝶五十歲開始接觸佛法，卻少有人知道他早在二十三歲就心向佛學。當時周夢蝶在河南的一所小學教書，聽說另一位河南省立開封女中的老師謝瑞階篤信淨土宗，便寫了一封信請教他如何修習佛法。謝不但立即回信，稱許周夢蝶「善根深厚」，勸他修淨土宗，還附上一本自著的《學佛淺荅百則》。學佛之路開啟了，周夢蝶卻說自己「一直被種種嗜欲牽絆，不能專心」。他舉了史震林《西林散記》的例子，書中有一位宇亭法師，不識字，卻每天拜觀音、磕一百次頭，有一天居然經、律、論都豁然開朗。周夢蝶於是幻想自己每天也在內心對觀音磕一百次頭，看看是否也能幡然了悟，達到宇亭法師的境界，卻還是因為「嗜欲牽絆」而放棄。「心是散亂心，行是雜染行」，周夢蝶說。但這何嘗能怪他？詩人最大特長不就是天馬行空，想像飛馳？

詩人和宗教家之間，究竟存在多大的距離？周夢蝶提到一部早年的電影《鐘樓怪人》，劇中有一個連配角都說不上的人，他和女主角的對話曾深深刺痛周夢蝶的心。那一幕是女主角珍娜露露布麗姬坦逃到一個貧民窟，貧民窟中有個詩人，他對女主角說：「所謂詩人，就是心裡有兩個南轅北轍的東西，一個無限向上超脫，一個卻無限向下沉淪。」在周夢蝶眼裡，成聖成佛之人屬於前者，他十分佩服的波特萊爾則屬後者。他自己呢？因為缺乏「閃電」這種意志，既不能無限向上攀升，也沒有勇氣向下絕對沉淪，於是只能在黑白兩道光輝間沉浮。「絕大多數人都介於兩者之間。就像西漢揚雄說的：『人之性也善惡混』；張愛玲不也說過：『這世界上沒有一個徹底的靈魂。』」周夢蝶緩緩說。我卻想：幸好周夢蝶是不徹底的，不然我們哪有那麼好的詩可看？而周夢蝶一生顛沛流離，也讓我想到清人趙翼的〈題遺山詩〉：「國家不幸詩家幸，吟到滄桑句便工」，聽來著實殘酷，詩人盡他在沉淪與昇華間的畢生之力，屢仆屢起，把自己的痛和淚提煉成純度極高的詩之華，我們卻坐享其成，得到被洗滌被提升的快意，而不必親歷其痛。這樣看來，在某種程度上周夢蝶其實已近於宗教家了。

詩是如此，周夢蝶的人亦然。與生俱來的慈悲特質加上心軟，朋友有求於他，他總是會答應，不論合不合情理。像是多年前一個不肖之徒硬是從周夢蝶隨身的鉛筆盒裡騙走一千元，而這一幕恰巧被周的另一位朋友撞見，才讓那不肖之徒趕緊逃之夭夭；至於周夢蝶費盡心神寫就的蠅頭小楷，不論篇幅多長，也常是一轉手就送了出去；而周夢蝶最為人知的，就是與人有約必定信守承諾提前到達，即使颳大風下大雨也不例外。

周夢蝶說，有些修行的人可以「閉關」什麼事都不管，他卻做不到。他印象最深的是南懷瑾，這位大師平常從不回信，只在某天啥事也不做時，才會隨手從堆積如小山的信件裡抽出一封，打開看看。如果是歌頌他的，就丟在一旁，除非看到真正向他請教佛法的，才提筆回信。如此斷然絕然，周夢蝶說他是萬萬做不到的。另一個三十年前的例子，則是周夢蝶自己的親身經歷，當時他才正式研究佛法沒幾年，有天向某位出家人請教佛學的事，結果那出家人竟要周夢蝶自己回家查佛學大辭典。周夢蝶當下就發願，如不成功則已，一旦在「知」上有所成就，一定知無不言，言無不盡的回答所有在「知」上困惑的人。

正因為周夢蝶容易心軟，加上意志不堅，一旦下決心要做重要的事，就得設法「逃離」一切外在的干擾，否則必會一拖再拖，永無完成之日。例如寫《不負如來不負卿》的時候，為了怕待在家裡一下接電話，一下又有朋友邀約，耽誤進度，只好每天早上搭第一班公車到圓環的「南施」咖啡廳，買兩份報紙在店門口看，八點半咖啡廳一開門就第一個進去，在那兒吃早餐、吃午餐，桌上是一本《紅樓夢》和他的草稿。每天他規定自己只看一回，然後在草稿上寫下心得眉批，回家後再用毛筆謄到稿紙上。有時一天下來毫無所獲，但他依然不間斷地如此四個月，終於完成初稿，最後再用蠅頭小楷全部重謄一遍，又花掉兩個月。而寫《紅樓夢》眉批的念頭，早在他還住外雙溪時就已形成，那已是二十多年前的事了。周夢蝶說，用眉批的形式，是女書店鄭至慧的提議，而真正催生者則是中華日報副刊的編輯。一本懸在心頭的眉批，整整花了二十多年才完成，聽起來似乎不可思議，卻也證明周夢蝶說的，日常種種雜事是如何牽絆、耽擱了他的一天又一天。

其實不只是一本眉批懸盪了二十多年，周夢蝶自己的兩本詩集《十三朵白菊花》和《約會》，也是眾人引頸盼了又盼才終於現身。而它們距離前一本詩集《還魂草》居然已隔三十七年，人生能有幾個三十七年？光是想，就足以令人心驚！周夢蝶曾說，文學是他一輩子的戀人，對待戀人理當呵護備至，怎會拖延這麼久才付梓？乍看之下，似乎是矛盾的，然而仔細思量，才發現其中並無衝突，正因周夢蝶對「戀人」太謹慎小心，才將付梓的「婚期」一延再延，那全然是太求完美所致。

出版的歷程如是，寫作的過程亦然，許多人看到周夢蝶純然造化般的詩句，都以為他下筆如行雲流水，殊不知他寫作的過程一改再改，手稿要改到面目全非，每一字都彷彿天生如此才滿意。訪談中我恰巧瞥見桌子左側有一張草稿，的確已改得面貌不清，原本以為是詩稿，不料竟只是一封寫給友人的信。一般人寫信頂多改動幾個字，周夢蝶卻連一封信都如此求全，可以想見他寫詩時是如何以性命相待，不達完美絕不示人的慎重了。

周夢蝶總說他意志不堅，但我始終相信那只是他的自謙之詞，因為沒有幾個人能像他那樣，對於文學戀人懷有如此堅定的信仰和情懷，自然界的閃電瞬間即逝，然而詩人以意志鍛造的閃電，卻是永不熄滅的。訪談將盡，夜幕已完全籠罩四野，我卻看見那自詩中走來的光，照亮了深秋的夜空。

詩為何物

讓光陰回到戒嚴的那年初夏吧。彼時光影綽綽，我的國文老師忽然在空蕩的黑板寫下一句「我欲乘風歸去，唯恐瓊樓玉宇，高處不勝寒。」那是T市的一所私立中學，以管教嚴格、高升學率著稱。我從不否認那是我人生最痛苦的三年，每日伴著晨曦走在校園通往教室的小徑時，總有一股休學去當女工算了的衝動。我痛恨一切以分數爲依歸的升學主義，常常最後一個進教室，幾乎每科作業都遲交，想著生命爲何要沒完沒了浪費在無趣的事情上面。

尤其令人不解的是，幾乎每科老師手上都拿著藤條，少幾分打幾下，彷彿這個世界只剩下數字。（現在回想起來，其實也不能怪他們，那龐大扭曲的教育體系，才是眞正的始作俑者。）唯一的例外是國文老師。（瘦削，個子不高，輪廓分明的臉讓我們一度以爲他有原住民血統。）不拿藤條，也從不要求分數，上課偶爾會進入短暫的出神狀態，有時又帶著良善的微笑。在戒嚴的冰箱裡，冷肅如看守所的大環境，那樣的特質簡直像異星人。

一直到很後來，我才知道國文老師就是小說家沙究。（不知爲何，這名字總讓我想起毫無關聯的，淒美神祕的沙韻之鐘。）那年我十三歲，除了有一次下課時，他囑我去參加作文比賽，我們幾乎沒有過任何交談。然而那年初夏，他寫在彷如黑板星空上的字句，卻像一幅超現實夢境徘徊凝止，且在每回我想起T市的陰冷灰黯時，突梯地襲來眼前。

「說了你們也不會懂的。」小說家說這話時面容略顯哀傷。教室裡的空氣靜默了幾秒，然後他拿起板擦，把那些字擦去，開始上課。那年他不過三十五、六歲。

周志文先生曾在《群蟻飛舞》的序裡寫著：「平日的沙究，簡易平和，個性有些內向，說起話來，有一些吞吐，乍聽令人無法完全領會，一句話總要說上幾次，有時要加點手勢，特別強調句中的哪一個字或哪個詞，聽的人才會明白，這是他害羞的緣故。」印象中的沙究老師是有些靦腆，但我倒不覺得他講話吞吐只是因爲害羞，更多是由於尋思的緣故。那瞬間的出神，也是因爲內在世界太繁複，打撈語辭一時難以抉擇，遂猶豫遲疑了。然而那樣一個深邃富幻想的心靈，放在那麼功利的教育體制裡，又是何其格格不入。

多年後我看到他的第一本小說，《浮生》裡的〈海躍〉，記憶中的場景又鮮明起來，雖是小說，多少也是他的自況吧：

> 大多數人平板生涯是看不見耀彩的，空洞的矜持常掩蓋不住內在的虛寒。像我為了圖個温飽，只得將全部心思投入營求食貨的工作上，……自從我脫離膚淺蒼白的年代，負擔起一家的生計，所謂委屈，只是我面對現實強顏歡笑的結果而已。

友人眼中那個才華出衆卻總是猶豫的小說家，一邊是理想與意志的催促，另一邊是「我欲」又「唯恐」的糾結。要或不要，去或不去，始終在一個不那麼適合的工作裡待著。終至被日復一日平板的現實消磨了，二十餘年未有新作發表，究竟是什麼樣的感受？典型沙究式小說的「困窘」，放在現實人生中，竟是如此貼切。然而這些窘迫，並未減損他作爲優秀國文老師的事實。他清楚知道老師與小說家之間的分際，且盡力給出了其中的深度和正能量。尤其是作文題目。

求學時代，我當然有過很多作文簿，但其他都扔了，唯一留下的就是十三歲的這本。理由很簡單，我欣賞這本作文裡的題目，以及因而有所啓發的自己。還有，沙究老師誠懇的評語。題目依序是這樣的：〈慢慢走，欣賞吧！〉、〈美術給我的感受〉、〈張載言：「讀書當在不疑處有疑」試申其義〉、〈美好的一日〉、〈令人感動的一則新聞〉、〈我心目中的世界〉、〈山〉、〈西梭法斯的神話〉。看似平實卻都與心靈相關，且幾乎囊括了一個人最重要的生命態度：那就是緩慢、美好、感動，以及敏銳、思辨、創造的能力；對生活、藝術、哲學、大自然乃至於整個世界的洞察和領悟。而這些，正是教育體制中最欠缺的，即使今日亦然。

我也注意到了，八篇評語裡，「意志」出現了兩次，分別是〈美好的一日〉：「語辭頗能配合堅強意志，甚佳。」以及〈令人感動的一則新聞〉：「堅強的人，他的意志永遠不會被擊敗。」這點倒是符合了周志文先生的看法：「他特別在意人性裡的堅忍素質，看看它是否能幫助人通過壓力的檢驗。」而我知道，那雖是評語，其實也是他自己隱而不顯的人格特質。否則他不會在看似沉寂的多年後，終於交出了《群蟻飛舞》。

在很長的歲月裡，即使偶爾想起沙究老師，遭逢困境時也常浮現「堅強的人，他的意志永遠不會被擊敗。」這句話，但因個性使然，我從未在教師節寄上卡片或回學校探望他。一方面也是想：他教過那麼多學生，大概早就不記得我了吧。沒想到有一次詩人C寄了封短信給我，說某夜和沙究老師聊天到深夜，老師提到了我。我沒有問爲何提到我，之後也未曾和沙究老師聯絡。想起來，那已是二十多年前的事了。時光飛逝，如此驚人。

不可否認的，當二〇一五年十一月我在雜誌上看到沙究老師的照片，心情是複雜且感傷的。那時才知道他得了喉癌，不能開口說話，不再是記憶中的「原住民」青年老師，完完全全是個陌生的老人了。（如果不是那麼多年沒見，或許不至如此震撼：不是年華正好嗎？怎麼鏡頭才一切換，一生就過去了。）不僅是歲月的挪移，我感覺那之中還有一種難言的巨大滄桑。而我自己，不也已走入了生命的秋天？那時母親正在加護病房，濕冷陰雨的冬日夜晚，世界正以一種悲傷的姿態滴落著。

沙究老師比我母親小六歲，應是同一代人了。或許都深知人世的詭譎狂躁，兩人皆有一種素樸低調的氣質。母親給出了溫暖美好的畫作，沙究老師則始終朝幽深之路行去。

兄姊和母親接連過世後，我一直處在一種複雜的心緒中，那是再多文字都無法言盡的。直到聽聞沙究老師也離開了，我翻開《群蟻飛舞》，看到後記的一句話：「歲月雖驚，田園靜好。」我揣想著：一個人如何在自知時間不多後，還能無懼死亡的陰影，心平氣和地寫下這幾個字？以及最後一篇發表，詩意美麗的：

> 她的念頭轉向茶花莊路口的清澈溪流，雨後低矮路樹葉片散布的水珠，通往十分寮乾淨路面襯托的青翠山色，再過兩個月進入秋季，這條溪流夜晚將點布如星光的捕蟹人……

不是《浮生》的陰鬱無奈，也不是《黃昏過客》的飄浮顛墜，那裡面有一種看透世事的了然。而我知道，他也寫詩的。一個詩人小說家，即使深知「時間不會停駐某一點，隨時都在斷滅」，依然執拗地，打造金箔般鍾鍊著靈魂，直到生命終了都不放棄。那是眞正的意志。

我不免也想起：早在一九九二的〈天廈〉，小說家就用宇宙的宏闊遼敻對照了人類的卑瑣可笑，那時怪物般的一〇一大樓都還未誕生。整整二十五年了，小說裡神祕夜空中的月球，彷彿還高懸在宇宙深處。就像那年初夏，黑板上即將起飛的一行字「我欲乘風歸去，唯恐瓊樓玉宇，高處不勝寒。」

我寧願相信，他現在眞的去到那廣漠無垠的外太空了。

╲深秋

那是二十四歲的盛夏。

先我一年去西雅圖的W陪我去見楊牧老師，那時我尚未出詩集，只帶著深藍大筆記本，裡面貼了我在詩刊和報紙發表的作品。他仔細讀了，然後起身，從書櫃抽出一本他的著作，問我：「這本你有沒有？」我搖頭，他說：「送給你。」抽出另一本，重複的問話，我又搖頭，他又說：「送給你。」於是那天我離開研究室時，手上捧著一疊楊牧老師的著作。

那個盛夏的研究室充滿綠蔭，室內安靜無比，窗外則是寂寥無盡的藍天白雲，像夢一樣。

楊牧老師並不知道我差一點成爲他的學生。

那時我的申請文件已送到所裡。有一天我和W走在校園裡，剛好所長迎面而來，對我說：「歡迎你來。」

就這樣了。

這眞的是你想要的嗎？我反過來問自己。

因爲我心中升起的不是喜悅。

W那時住在校外的一間木造女子宿舍，有一個小客廳，同住的還有一個瘦削淡漠的黑女人，我最常聽到她說的單字就是sticky，她嫌地板黏，到處都黏。落地窗外是大湖，湖面上偶爾有人駕著白色風帆緩緩前行，駛進夏日的深處。我在落地窗內看著那些風帆，有時午後，有時黃昏。夏天八點了天還不黑，但彷彿有星星在遠方隱耀，人字形的大雁將整片暮靄帶向無垠。

多年後我讀到楊牧老師的〈雲舟〉，雖知與《神曲》的典故有關，仍直覺背景或是那夏日湖上的風景：

凡虛與實都已經試探過，在群星
後面我們心中雪亮勢必前往的

地方，搭乘潔白的風帆或
那邊一逕等候著的大天使的翅膀

早年是有預言這樣說，透過

孤寒的文本：屆時都將在歌聲裏
被接走，傍晚的天色穩定的氣流
微微震動的雲舟上一隻喜悅的靈魂

我並不遺憾後來選擇放棄華大，因爲當時的狀態確實不適合。我生命中凡是做過一些直覺勉強的事，到後來都證明是錯的。

生命繞了一大圈，快近中年了，才又在上班之餘去研究所進修。這次心定下來了，我想寫關於「台灣現代詩自然美學」的文字。不是爲了學位，不想成爲學者，只因那是年輕時就想寫的題目。

我慶幸當年沒有勉強自己去寫內在並不相應的文字。

書出版後，寄了一本給楊牧老師。很快就收到從南港寄出的包裹。楊牧老師讀了，而且讀得很仔細。他把我在參考書目中漏缺的都寄來了，其中一本是《花季》。扉頁是他的題字：

舊作寄贈任玲女士方家　楊牧　二〇〇五年深秋　南港

黃昏將臨的淡海，我在餘暉中讀著這本與我同齡已然泛黃的《花季》，想像它在迢迢歲月中曾經的遷徙。

我不確定楊牧老師是否記得那年盛夏贈書的事。是肅然的深秋了。

不知爲何，眼前浮現了我〈論楊牧〉的一段文字：

「時間循環，今昔相對」，少年詩人、中年詩人與巍巍青山終於融為一體，三者在天地間自成獨立完整的豐沛體系，無需也難以向外人解釋。那是詩人自年少一路走來，從前不曾改變，未來亦不會改變的堅定信仰。温柔、強健、深邃，雖無法抵達永恆卻努力朝永恆邁進的誓言。

以及楊牧老師自己的文字：

詩於你想必就是一巨大的隱喻，你用它抵制哀傷，體會悲憫，想像無形的喜悅，追求幸福。詩使現實的橫逆遁於無形，使疑慮沉澱，使河水澄清，彷彿從來沒有遭遇過任何阻礙。詩提升你的生命。

我也想起有一年報社文學獎請楊牧老師來當評審。會後評審們留下來用餐，報社主管也來了。席間他忽然說了一句，大意是，能在緊張的新聞工作中抽空來接觸軟性的文學，放鬆一下很不錯。楊牧老師立刻臉一沉，正色說：「文學從來不是軟性輕鬆的事。」報社主管應該並未介懷，但神色尷尬。

那是我第二次（也是最後一次）見到楊牧老師。

慷慨溫暖之外的耿介堅持，毫不退卻。

是的，用一生來追尋提升的巨大力量——那生命之詩，絕不可能是輕易的。

最後一次收到楊牧老師的贈書是《奇萊後書》。

或許因爲這些年歲月倥傯。直到驚聞詩人辭世了，我才從書櫃裡找出厚厚的《奇萊後書》，封面已有些淡褐的斑點。

在寂靜的晨光裡，打開來。

其實第一篇是細讀過的，我看見自己用筆在其中畫線。十一年了。但爲何讀完第一篇後就停下來了？是因爲那高密度的文字，綿密繁複厚重的思索，使我必須以極緩慢的速度閱讀，而想著下一次找時間更聚精會神地閱讀它？還是那時我正專注於自己詩創作的尋思追索肌理結構？總之十一年忽然又過去了。如果不是因爲這些錯過，如果我精讀了這部大書，隨著書中寶石般晶亮的風景上下求索，這十一年的生命會不會更不同？

醒著。夢著。走路著。以爲專注的自己。每過一天就離死亡更近一點的自己。

讀到〈破缺的金三角〉，倒數第二篇了，寫華大的歲月：

> 太陽正在困難地往天頂躡足，然後它也必須向我右邊沉沒，在更遠更遠的幽谷，沉沒。
>
> 生命。時間。創造。
>
> 死亡。

那年盛夏的光影彷彿又回到眼前。

一切還是那麼粲然堅實。儘管死亡後面是一個大大的句號……

夜深時分，我闔上書本走到海邊。寥落的海岸已有人架起長竿，遠方是更寥落的漁火。子夜的海堤上，我忽然想起十三歲那年國文課本讀到的〈料羅灣的漁舟〉：「那天中午，四月的末尾，在烈日下，它平靜而神祕。我在吉普車上看它如貓咪的眼，如銅鏡，如神話，如時間的奧祕。我看到料羅灣的漁舟，定定地泊在海面上……」現代文學於我最早的神祕印記。在這既是子夜又是正午，是初夏又是深秋，是淡海又是料羅灣的長堤邊，十五的碩大圓月在海面閃耀無數銀波。看似幽谷的黑暗中，所有破缺的，都被銀波靜靜收攏。

而當我凝視這些幽微的聲影氣味的時候，並不覺得楊牧老師是離開的。或者，其實並非句號？只是一個圓，一個迴轉，當你以為沉沒的時候，它已從另一邊昇起。更高更遠更遼敻，

終於越過了死亡。

光潔明亮，彷彿從來不曾有過哀傷。

／漆黑的夢中樹

彷彿那是
世界的本質
你靜靜嚼著
鴉片。橄欖枝。
三千萬個方生方死。

我們都是漆黑夢中樹上的一片葉子。時候到了，從夢中生發；時候到了，又從夢中飄零。

二〇一〇年深秋，我第一次，也是最後一次和母親同遊日本。離開奈良東大寺不久，原本晴朗的天色忽然陰暗下來，頃刻間落下滂沱大雨。母親走得慢，我在後面陪母親慢慢走。雨勢愈來愈大，而且是從前方撲打下來，爲了不讓頭臉淋濕，我把傘向下斜撐，大約有幾分鐘的時間，根本無法辨識方向，每一舉步都是艱難。沒多久，衣服鞋襪都淋濕了。

「這裡是哪裡呢？」母親在傘下憂愁地望著我。

我將傘微微抬起，才發現廣漠的四野幾無人蹤。大雨摧打著每一棵樹，和樹上的葉子，有些葉片被吹向虛空，有些則墜落泥地。只有一隻鹿，在雨中悠然地嚼著連枝之葉，夢一般不眞實。我被眼前的景象震懾了，〈雨鹿〉開頭五行霎時浮現腦海。

時空重疊著另一個時空，如夢的場景在多年後益發眞實起來。那是隱喻嗎？

我一直有記錄夢境的習慣，那是二〇一二年母親節當晚的夢：旅途之中，天黑了，我來到一家旅店，是一幢墨綠色的高大建築，外觀古老，有著細緻的雕花門窗。我推門進去，空無一人，連服務生都沒有，我坐下來，打開桌上也是墨綠色的MENU，前面幾頁竟然都是奠儀。夢裡的我感到非常不舒服。

另一個夢：也是旅途，我獨自走在無人的山路上，低頭一看，腳下是一朵白色康乃馨，我同樣感到極不舒服，加快腳步往前走。

是的。夢境於我，從來都是隱喻。

二〇一三年二月，哥哥意外身亡；同年七月，二姊猝逝紐約；然後，二〇一五是母親。夢境像不懷好意的狙擊手，一再試探我的底線。死亡，則是盤踞頭頂的怪獸，張著可怖的大口問我害不害怕？然而即使牠就要把我撕裂，我仍逼視著牠詭異的巨瞳：「我從來沒畏懼過什麼，你也別想讓我害怕！」

這一次我知道，我必須寫，不能再迴避了。

雨丟在光禿的掌心裡
長成一棵
漆黑的夢中樹
用絲線連接。明天
無數的菌子蟲子和鴿子
就飛起來了
在斷斷烈烈的雨絲裡
火焱裡

地獄之火是這樣燒起來的嗎？

二〇一五年五月，母親因爲久咳不癒，我陪她到醫院照了X光，才發現左肺葉下方有一2.7公分的陰影，門診的白醫師高度懷疑是癌症，我們緊急辦了住院手續。五月二十五到六月四日，整整十一天，母親做了許多檢查，我始終無法忘記那906病房，透明的窗玻璃，往上是白雲悠悠，往下是萬芳醫院捷運站，擾攘人世過客匆匆，裡外兩個世界。沒有安排檢查的時候，我總站在窗前發呆，想很多事情。讀木心的書，卻總是停留在那幾頁。母親躺在病床上，常常靜靜望著天花板，很少說話。做完所有檢查出院的前一天，她告訴我，回家後要去剪頭髮。

每一天都是一片葉子，飛進茫漠雨中，飛進火裡。

檢查報告出來，確診爲肺腺癌第三期，已經轉移淋巴結。六月十五日，母親開始服用標靶藥物。不到一個月，全身長滿潰爛紅疹，手指和腳趾甲溝炎紅腫化膿，一吃東西就腹瀉。炎酷的夏日，每天晚上我幫母親擦藥，總想起《地藏菩薩本願經》的句子：「剝皮地獄。飲血地獄。燒手地獄。燒腳地獄。」我看著地獄圖在母親身上怵目驚心地展現，既心疼又焦慮。然而母親卻從不抱怨，白天依然像往昔一樣拖著菜籃去買菜，買滿滿一大籃我們愛吃的食物，一個人揮汗從一樓把沉重的菜籃拖上四樓。有時我在家，一開門就看見母親面色蒼白地站在門口，忘了她身在地獄，忘了前路的凶險。

那三個月，從夏天到秋天，母親身上的紅疹漸漸褪去，每天仍按時服用標靶藥物，雖然也還甲溝炎，偶爾腹瀉，但都在能忍受的範圍。一切彷彿平靜下來，常常我從外面回來，中午的陽光正好，母親在光影之中吃飯，看她喜愛的動物星球頻道，看得目不轉睛，說這節目眞好。讓我們也以爲日子可以平淡靜好地一直過下去。

九月下旬某天門診，主治的許醫師建議我們開刀。她要我去掛胸腔外科林主任的門診，得到一樣的答案。他說用微創手術，傷口很小，休息幾天就可以回家。開刀的那個清晨，我在母親的913病房，窗玻璃外，如夢的晨曦遍灑在萬芳高中校園裡，在來日方長的高中生身上。我一回頭，護理師來了，問躺在病床上的母親叫什麼名字？母親輕聲說：「草頭黃，美麗的麗，芬芳的芬。」我從前總嫌自己的名字，覺得母親的名字更俗。那一刻，我卻慚愧地眼淚幾乎奪眶而出。寫了半生的詩，自以爲是個寫詩的人，然而把我所有寫過的詩加起來，都不如母親的這一句話動人。我更沒想到，這是母親清楚表達的最後一句話。

簽同意書是微創手術，結果因沾黏問題改採傳統大傷口的手術。（我後來調閱母親的病歷，才發現她當時血壓高達１８０，專業醫師都知道，那種狀況的老人是不能動刀的。）在加護病房觀察一天，等不到雙人房，母親就戴著氧氣罩被轉到四人房的普通病房，擁擠嘈雜的病床邊，我收到許醫師轉來的一份已在同意欄打勾的同意書，那是一份名爲「人體試驗／研究倫理委員會」的「試驗／研究用人體檢體採集同意書」，由科技部贊助，執行期限：2015/8/1-2018/7/31，招募對象：肺癌患者20名，最大年齡90歲。利用直接採集自肺癌患者的腫瘤細胞進行研究……。我大約明白是怎麼回事了。

來不及懊悔，母親第二天就因爲血氧濃度急速往下掉，緊急送回加護病房，從此沒再出來。每天上午十一點和下午六點半，我、老父和從紐約趕回來的大姊，守在加護病房外，時間一到就衝進去，每次只能停留四十分鐘。母親雙手綁著約束帶，頸部插著氣切管，無法言語，無法進食，爲了避免肺積水，連水都不能喝，身上還有鼻腸管、中央靜脈導管、導尿管……，相較其他意識多已昏迷的加護病房病患，母親始終意識清醒，卻也因此，每次見到我們總是流淚。那漫長的四十多天，我不知道在我們短暫見面的八十分鐘之外，母親是如何熬過去的？因為開刀造成的肺炎、呼吸衰竭，到後來的敗血症，每一次見面母親都更衰弱，每一次見面我們都更無助。

是地獄現前嗎？熊熊烈火佛在何處？

十二月五日，母親住院後我第一次夢見她回到家，我高興地將她抱起，放在客廳沙發上，夢中的母親變得好小好柔軟。十二月六日，第二次夢見母親，她給我一個兩萬元紅包，然後搭上一輛神祕的車子走了，彷佛暗夜的場景，車身一下就失去了蹤影。夢中我就已意識到，母親大約要與我道別了。

十二月八日，母親住院第四十四天。下午三點，罕見的暖陽攀上老屋窗櫺，我靜靜坐在母親常坐的小椅上，看陽台上好看的葉影搖曳。母親有一雙巧手，爬山時帶回來的野草，隨手一種就是花繁葉茂。母親對色彩也極敏銳，然而一直都是職業婦女的她，下班後就得直奔廚房，從無餘暇發展自己的興趣。退休後的某一天，母親突然說想畫畫，買了水彩畫紙，沒日沒夜地畫起來，無師自通的她，八年間畫了幾百幅作品。母親善畫動物，筆下的動物眼神靈活，天真又充滿奇趣，我總覺得母親畫的動物就是她自己。母親也畫佛像，下筆總是淸淨莊嚴。那麼有天份，母親卻從不把名利和畫畫連在一起，大姊雖然在紐約幫她辦過個展，母親依然堅持畫畫只是興趣。如今家裡掛滿母親的畫作，很難想像，少了這些溫暖美好的畫，老舊的房子將是如何空洞？

母親更喜歡買禮物給我們，總是穿那幾件衣服的她，出門看到美麗的衣物或用品一定先想到我們而不是她自己。卽使在最窮困的年代，父親和我們幾個子女也從來沒寒酸過。開刀的前兩個星期，母親還買了漂亮的水壺、背包、衣服，像小時候那樣，仔細地排列在客廳沙發上，等我回家要給我驚喜。我摩挲著這些衣物，這些畫，這些觸手可及的愛，全是她留下的禮物……

果眞是母女連心，我剛準備好母親的衣服，護理師就打電話來，要我們趕緊過去。到醫院時母親心跳幾乎已停止，但忽然又幾次睜大眼睛，露出驚恐的神色，雙手向虛空擧起，微微顫抖。我不斷在母親耳邊喊：「不要害怕！不要害怕！跟著我一起念佛號，佛陀會來接引你！」

五點四十七分，母親已無心跳，林主任要我們到外面等候，他們得爲母親拔除身上許多的管子。再進去時，從花蓮來的大舅、大舅母、四舅也趕到了。終於脫下病人服，換上家居服的母親，身上不再有鼻腸管、氣切管、中央靜脈導管、導尿管……。然而母親的眼和嘴依然沒有閉上。

而你只是嚼著
快樂的葉子
漫天起舞隨地腐朽
像最甜的大海最
鹹的水滴
你只是嚼著
一棵生命樹
以我無法命名的步伐
覆蓋眼睫
啊那橄欖之舟
承載夢中的荊棘
在天色行將昏昧的此刻

大舅、大舅母、四舅都是虔誠的佛教徒，我們守在已覆上往生被的母親身旁，不斷地爲她念佛號。直到晚間九時抵達二殯，禮儀師爲母親揭開了往生被，只見母親閉目微笑，神態安詳且膚色嘴唇皆紅潤，與方才在醫院看到的面容灰敗浮腫，眼嘴未閉，簡直判若兩人。如果只有我一人看見，不免懷疑那是自己的幻覺，然而大舅、大舅母和四舅都看到了。大舅母激動地對我說：「任玲，你也感覺到了！」我說：「不是感覺，是看到了！」過去我對於助念往生，總是半信半疑。如今親眼見到，不得不相信，佛經中一再出現的「不思議」，是何等無上甚深微妙了。

十二月十日，又一不思議之事。之前父親就交代我，希望母親告別式時還能找阿巧師姊，她曾帶十幾位師兄姊在哥哥的告別式念佛回向。我也這麼想，問題是阿巧師姊的手機號碼早已遺失，臨時去哪找她呢？這個念頭出去不久，手機響了。我接起來，那頭傳來聲音：「任玲，我是阿巧師姊啊！」我嚇一跳，以爲誰告訴她母親的事了。原來她要邀我參加一場慈濟歲末感恩祝福會，而我們決定的母親告別式的日子，正巧就是祝福會那一天。

十二月十一日，另一不思議又發生了。我忽然想到，應該爲母親報名法會，卻不確定目前是否有？我找到一張佛光山行事曆，一看，正好有一場萬緣水陸法會，第一期已結束了，第二期從明天開始。打電話去報名，並告之緣由，接電話的師姊說：「你母親很有福報，萬緣水陸法會每年只舉辦一期，今年額外辦了第二期，就在你母親的頭七，這是非常殊勝的因緣。」

哥哥過世時，我曾好幾次帶母親到法鼓山農禪寺，她一直很喜歡那兒的樸素雅淨，如果這次也有法會因緣，母親一定很開心。我立刻去電查詢，果然，二十日母親告別式那天，正是農禪寺舉行地藏法會之日。

這麼多不思議，只是巧合嗎？我不免想起反覆讀到的《靈魂永生》的句子：

這私人的多次元的自己，或這靈魂，於是有一個永恆的確實性。它被「一切萬有」的能量與不可思議的活力所維護支持。那麼，你的這個內我不能被毀滅，也不能被減損。它分享了「一切萬有」與生俱有的那些能力。因此必須去創造，就如它被創造出來那樣，因為這是在所有的存在次元後的偉大天賦，由「一切萬有」的泉源溢出的。

那年的雨鹿，如今的母親，那棵不能毀滅也不能減損的漆黑的夢中樹，必然也被「一切萬有」的能量與不思議的活力支持了。

•

冬至，也是母親進塔的日子。一大清早，久違的藍天就已布滿細卷尾的祥雲，我幾乎以爲，這是一年來最美的晴日。車過桃園，一路上都是輕芒花，溫柔無比地延展著大地。車過大漢溪，冬日的溪水在陽光下靜謐閃爍，晶瑩又奇幻。就像小時候全家出遊，母親坐在我身邊，日子還要長長久久地過下去。我想起今天日曆上的詩是王維的：「渭城朝雨浥輕塵，客舍青青柳色新。勸君更進一杯酒，西出陽關無故人。」有一天，我們會在何處重逢？

正午時分回到家中，母親的房裡都是琉璃光，畫本、畫桌、衣物上，全是溫暖澄澈的鑲金光芒，如泉水般溢滿，那的確是《華嚴經》裡一再誦讚的，眞實不欺的光。我喚父親和大姊來看，三人在母親房門口，看著這不思議的美麗景象。我忽然明白了，如果佛陀的愛能夠穿越時空和生死，母親的愛當然也能。肉身會消亡，愛卻不會。那樣純淨強大，就連最深的黑暗也阻擋不了。而既然不曾分離，何須道別？

我定定地注視著這光，良久，終於流下了淚水。

代後記

颱風將臨的黃昏，那詭譎的片刻。

天邊出現一名小小的盜火者，微弓著身子，右手筆直伸向前方，向前跑。阿拉丁神燈精靈那樣地，愈跑愈大，在洶湧難纏的雲上，腳踏神祕之海。他下巴微抬髮絲微捲，眼神專注看著手上的火。無人知曉他去向何方，終點在哪裡。亂石崩解，猛獸緊跟在後，但他是那麼意志堅定，伴隨澄明的霞光。

後來呢？他的頭離開身子，手臂飄向遠方，腿沒入黑夜，火炬灰飛煙滅。必然的結局。

我們也都是普羅米修斯吧。盜了人生的火，只能奮力向前跑。然而在燃成灰燼之前，誰也不許阻止我們。

即使暗夜也還有螢火，飄忽星群之間。

螢火般的詩人的語詞：

畢竟我們還是屬於這寓言系統裡如此渺小卻不輕易泯滅的一環……這場眼前即將展現，揭開的死生契闊。

普羅米修斯說：

這一次，我不準備放手了。

當代名家・羅任玲作品集2

穿越銀夜的靈魂

2020年8月初版　　定價：新臺幣350元

著者	羅任玲
攝影	羅任玲
叢書主編	李時雍
校對	吳美滿
整體設計	朱疋

副總編輯	陳逸華
總編輯	涂豐恩
總經理	陳芝宇
社長	羅國俊
發行人	林載爵

出版者	聯經出版事業股份有限公司
地址	新北市汐止區大同路一段369號1樓
叢書編輯電話	(02)86925588轉5319
台北聯經書房	台北市新生南路三段94號
電話	(02)23620308
台中分公司	台中市北區崇德路一段198號
暨門市電話	(04)22312023
台中電子信箱	e-mail：linking2@ms42.hinet.net
郵政劃撥帳戶第	0100559-3號
郵撥電話	(02)23620308
印刷者	世和印製企業有限公司
總經銷	聯合發行股份有限公司
發行所	新北市新店區寶橋路235巷6弄6號2樓
電話	(02)29178022

行政院新聞局出版事業登記證局版臺業字第0130號

本書如有缺頁，破損，倒裝請寄回台北聯經書房更換。　　ISBN 978-957-08-5582-1 (平裝)
聯經網址：www.linkingbooks.com.tw
電子信箱：linking@udngroup.com

國家圖書館出版品預行編目資料

穿越銀夜的靈魂/羅任玲著/攝影．初版．新北市．聯經．2020年8月．304面．14.8×21公分（當代名家・羅任玲作品集2）
ISBN 978-957-08-5582-1（平裝）

863.55　　109010783